恋愛小説家は夜に誘う

水上ルイ

幻冬舎ルチル文庫

CONTENTS ✦目次✦

恋愛小説家は夜に誘う

✦カバーデザイン＝久保宏夏（omochi.design）
✦ブックデザイン＝まるか工房

イラスト・街子マドカ✦

恋愛小説家は夜に誘う

小田雪哉

「小田《おだ》くん、明日の編集会議のための書類、コピーしておいてくれない？」

「小田くん、資料集め頼みたいんだけど？」

「小田くん、夜食買ってきてくれない？」

必死でキーボードを叩《たた》いていた僕は、三方から一気に声をかけられて泣きそうになる。

「ちょっと待ってください。今、手が離せなくて……ああっ！」

エンターキーを押そうとした僕の手首がいきなり後ろから摑《つか》まれる。慌てて振り返るとそこに立っていたのは副編集長の高柳《たかやなぎ》さんだった。彼は迫力のある目つきで周囲を見回して、

「小田は借りていく。これから銀座で米倉《よねくら》先生の接待だ」

彼の言葉を聞いて、編集部の中にブーイングが上がる。

「またですかあ？　小田くんを餌《えさ》にするのはやめたほうがいいんじゃないですかあ？」

女性編集の田代《たしろ》さんが言い、ベテランの尾方《おがた》さんがうなずく。

「たまには俺たちも連れて行ってくださいよ」

「おまえらじゃなんの餌にもならないからダメ。しかも小田を連れて来いっていうのは米倉先生からのリクエストなんだから」

高柳さんの言葉に、僕の周りに集まっていた人々がため息混じりに散っていく。

「米倉先生、お好きだからなあ」

「面食いだしねえ」

「ベストセラーが取れるんなら、出し惜しみするんじゃないのよ」

「ほら、さっさと来い」

高柳副編集長は僕の鞄《かばん》を摑んで、廊下に出てしまう。

「うわ、待ってください！」

僕は慌ててマウスを動かしてファイルを保存し、デスクの上に置いてあった校正のゲラの入った書類袋を慌てて摑む。

……ああ、今夜こそ自宅残業にならないように頑張ろうって思ったのに！

「まったくトロいな、小田は。……ほら」

高柳副編集長が言って、僕に向かって鞄を投げる。僕は慌てて受け取ってため息をつく。

「……僕は、餌ですか？」

「はあ？　入社からたった半年で、もう一人前の編集だと思ってるのか？」

上から見下ろされて、僕はまたため息。

「いいえ。餌と思っていただけるだけで光栄です」

「よしよし、新人はそうでないとな」

高柳副編集長の手が僕の髪をぐしゃぐしゃにかき回し、僕はとても情けない気分になる。

僕の名前は小田雪哉《ゆきや》。二十二歳。大学の文学部を出て老舗《しにせ》の大手出版社、省林社《しょうりんしゃ》に入社したばかりの新社会人。面接で「君みたいなコは文芸ではやっていけない。児童文学あたりはどう？」なんて言われてちょっと落ち込んでいたんだけど……なんと、新人研修の後で希望していた文芸編集部に配属されてしまった。いつでもダメな僕にしては一生分の運を使い果たしたようなラッキーだ。

……だけど……。

僕は現状を思い出して思わずため息をつく。

作家さんも編集も百戦錬磨《ひゃくせんれんま》のツワモノぞろいの省林社文芸部ではボーッとした僕は浮きまくっている……というよりはただのオモチャとしてしか認識されていない。いちおう勉強ということで何人かの作家さんの担当補佐にされたけど、毎晩飲みに連れて行かれ、ヨロヨロになるまでお酒を飲まされて……ただの男版ホステスさんみたいな扱いだ。

「ほら、さっさと行くぞ、おまえにご指名が入ってるんだからな」

高柳副編集長の言葉に、僕は深い深いため息をつく。

……ああ、これで本当に編集者と言えるんだろうか？

◆

……うう、飲まされすぎた……。

僕はまだ残る胃のむかつきと戦いながら、必死で校正ゲラの文字を追う。

昨夜は結局二時まで文壇バーで飲まされ、さらにカラオケにつき合わされ……銀座を出たのは始発が動き出した頃だった。

普段なら昼から出社なんてことも許されるけれど、校了が近いこの時期、そんなことができるわけがない。僕は昨夜できなかった校正を必死で進めているところだ。

……ああ、十二時に印刷所の営業さんが取りに来るから、あと三時間しかない。

チラリと目を上げると、高柳副編集長はいつもどおりにやたら爽《さわ》やかな顔で仕事をしている。内線電話でパワフルに営業部長と戦っているところを見ると、昨夜の疲れなんか全然残ってないんだろう。

……高柳副編集長は僕を地下鉄の降り口の前に置き去りにし、ほかの先生方をタクシーで送っていった。僕よりも拘束時間は長かったはずなのに……。

僕はため息をつき、それどころじゃない、と手元の校正に目を落とす。

……あの人のタフさは人間じゃない！　自分と比べちゃダメだ！

「小田くん、ちょっといいかな？」

　呼ばれた声に、僕は慌てて顔を上げる。

　僕を呼んだのは太田正邦《おおたまさくに》編集長。省林社の編集部に入って三十五年という超ベテランで、省林社の看板であるこの文芸部の柱的存在でもある。トレードマークはグレイのスーツと白髪と優しい笑顔。その人柄で作家さんや編集たちからとても慕われているけれど、彼の文学的センスと新人の才能を見抜く慧眼《けいがん》は、業界でも有名だ。

「はい」

　赤ボールペンを置き、僕が立ち上がるのと同時に、編集長席の隣にある副編集長席から、高柳副編集長も立ち上がった。編集長の後ろに立った彼は、面白そうな顔で僕を見下ろしてくる。

　……なんなんだろう？　この人がこういう顔をするのって、すごいイジワルなことを考えていることが多いんだけど……？

　思わず怯《おび》える僕に向かって、編集長がいつものようににこやかな顔で、

「実は……君にそろそろある作家さんの担当を任せたいんだが」

「本当ですか？」

　編集長の言葉に、僕は怯えも忘れて思わず叫んでしまう。

「これで僕もやっと一人前の編集ですね？」

「そううまくいくかなあ？」

高柳副編集長がにやにやしながら言い、僕はハッとする。

「ど、どうしてですか？　っていうか、僕が担当するのって……？」

「澤小路典昭《さわのこうじのりあき》先生だ」

「……っ！」

編集長の口から出たその名前に、僕は思わず絶句してしまう。

澤小路典昭先生は、五十二歳。大きな賞を何度も取っている一流のベテラン小説家で、僕も学生時代から愛読させてもらっている。

「……僕が……澤小路先生の……？」

「どうかな？」

「もちろんやらせていただきたいですが……僕なんかで本当に務まるんでしょうか？　でもめちゃくちゃ光栄です！」

信じられない気持ちで言った僕に、高柳副編集長が言う。

「その喜びようからすると、澤小路先生の評判を知らないみたいだな」

「評判？　有名な話ですか？」

僕は不思議に思いながら言う。思わず編集部を振り返ってみるけれど、皆は肩をすくめるばかりで答えてくれない。

「知らないなら教えてやるが」

高柳副編集長がものすごく楽しそうに言う。

「実は、彼は文芸界でも有名な問題児だ。とんでもない女好きで、しかも気まぐれ。男の編集は一枚たりとも原稿を取れたことがない」

「ええっ？　それじゃあ男で、しかも新人の僕が担当になっても無駄では……？」

編集長はにっこり笑って言う。

「新人だからこその熱意で、澤小路先生から原稿をいただけるかもしれない。そう思って彼を推薦したんだろう、高柳くん？」

「まあ、それもありますが……」

高柳副編集長は肩をすくめて僕を見下ろす。

「各出版社、編集部内で一番の美人を澤小路先生のところに送り込んでいる。まあ、それでも気まぐれな澤小路先生から原稿をもらえた担当は、ほとんどいないけれど」

「じゃあ、僕ではますます無理じゃないですか」

僕はなんだか泣きそうになりながら言う。高柳副編集長は、

「他社と差別化をはからないと無理だ。最近澤小路先生は美女にも飽きてきたらしい。だからうちは奇をてらって美青年でいく。小田なら身体《からだ》を使えばなんとかなるかもしれない」

「そんな……っ」

「たしかに、それはいえるかもしれないなあ」

尾方さんが感心したように言う。

「小田くんのファンは多いしねえ」

「他社にいる私の後輩も、一時期澤小路先生の担当したことあるのよ。すごい美人でしかもすごい色っぽい子だったけれど……原稿は無理で配置換えされちゃったわ」

田代さんがワクワクしたように言う。

「でも小田くんなら大丈夫かも？　ロマンスグレイの澤小路先生に手取り足取りいろいろなことを教えていただけば？」

「きゃー、ドキドキしますう！」

アルバイトの白井《しらい》さんが、黄色い声で叫ぶ。

「可愛い系の小田さんには逞《たくま》しいハンサムが似合うって思っていたけれど……ロマンスグレイもなかなかイケるかもっ！」

「確かにお似合いだな」

高柳副編集長がものすごくイジワルな顔で僕に言う。

「なんとかして原稿を取って来い。そうしたら一人前だと認めてやるぞ」

……嘘《うそ》だ、僕にそんなことができるわけがないじゃないか！

「というわけで」

太田編集長が、にっこり笑って宣言する。

「小田くんに、澤小路先生の担当を任せるよ。原稿、必ずとってきてね」

編集長の目が、ベテラン編集らしくキラリと鋭く光る。

……そんなのひどすぎる。っていうか僕はやっぱり編集部のオモチャとしか思われてないんだ……。

大城貴彦

「小田を、澤小路先生の担当にしようかと思っているんですよ」

その言葉に俺は思わず眉《まゆ》をひそめる。

ここは麻布十番にあるマンション、俺の仕事場兼住居だ。革製のソファの向かい側に座っているのは省林社第一編集部副編集長の高柳慶介《けいすけ》。元の担当であり、大学時代の後輩だ。

「なぜそんなことを？　澤小路氏は面食いで手が早いので小田を担当にだけはしない、と言っていたはずなのに」

俺が言うと、彼は可笑《おか》しそうな顔で俺を見つめる。

「心配ですか？」

俺は内心の動揺を隠し、平静を装って高柳を見返す。

「別に」

「ふうん」

彼は言ってコーヒーを飲み……それからまた探るような目で俺をチラリと見る。

「先輩は嘘をつくと口の端が微《かす》かに引きつるんですよね。今も引きつっていますよ」

俺が何も言わずに睨《にら》み返すと、高柳はこらえきれないというように噴き出す。

「心配なら『小田を自分の担当にしてください』とお願いしてみたらどうですか？　天下のベストセラー作家、大城貴彦《おおしろたかひこ》先生？」

「まったく嫌な編集だ。またどこかの部署に飛ばしてやろうか？」

俺が言うと彼は可笑しそうに笑って、

「昔の話じゃないですか。それにあれは私のミスです。先輩が気に病むことではありません。まあ、私が無事文芸部に戻り、副編集長になれたのも先輩の本の莫大《ばくだい》な売り上げのおかげですしね」

平然と言って肩をすくめる。

「別に気にしているわけではない」

「本当ですか？」

高柳は可笑しそうに言い……それから手を伸ばして、隣に寝転んでいる猫の頭をそっと指先で撫《な》でる。

「あなたは意外に優しいからなあ。前にここで一緒に住んでいた男も、あなたのそんなところにメロメロでしたしね」

嫌味な口調に、私はため息をつく。

「そんなことを言っていたのはほんの一時だし、今はおまえの恋人だろう」

「そうですが、まだいろいろと妬《や》けるんですよ」

彼はゴロゴロと咽喉《のど》をならす猫の首筋を撫でながら、

「例えばこの猫。彼が飼っていた猫じゃないですか。未練があるからここに置いていったんじゃないのかなあ？」

「そんなことは、さっさと帰って自分の恋人に聞け」

俺は言って、彼の前に置いてあった飲みかけのコーヒーカップを持ち上げる。

「いつまでもここでダラダラしてるんじゃない」

「彼は今夜、〆切《しめきり》なんです。仕事場から戻りません」

彼は言いながら猫の両手の下に手を差し込み、抱き上げようとする。

「一人で部屋で過ごすのは、なんだか寂しくて。なあ、わかるだろう、タマ？」

「シャアッ！」

猫は威嚇《いかく》の声をあげ、彼の手をすり抜けてソファの下に隠れてしまう。

「相変わらず気の荒い猫だなあ。まあそういう方が可愛いですけど。私の恋人も……」

「ノロケるなら帰れ」

私は言って冷めたコーヒーの入ったカップを持って立ち上がる。

「先輩も結構冷たいんですよね。……コーヒーもいいですが、次はワインにしませんか？」

「まったく図々しい編集だ。大城貴彦の原稿が欲しくないのか？」

私がカップをシンクの中におきながら言うと、彼は咽喉の奥で笑う。

「惰性でずっと担当をしていましたが、どちらにしろ私ではあなたから原稿をいただくのは無理です。……担当を替えることにしました」

その言葉に、私は思わず振り返る。

「誰にするつもりだ？」

聞くと彼は笑みを浮かべたまま私を見つめ、それから言う。

「秘蔵のロマネ・コンティを開けてくださるなら、小田をあなたの担当にしましょう」

その言葉に、私は一瞬息を呑む。

……くだらない賭《か》けなのはわかっている。……だが……。

私の脳裏に、彼の美しい顔、そして煌《きら》めく涙が蘇《よみがえ》る。

……彼と組めば、自分の中で、何か違う世界が開ける気がする……。

それはプロの作家にとっては抗《あらが》いようもない誘惑だった。

「わかった。ロマネ・コンティを開けよう。……その代わり」

私は高柳の顔を真《ま》っ直《す》ぐに見つめながら言う。

「彼がどうなっても口を出すな」

高柳は深刻な顔で真っ直ぐに私を見返す。それからふいに笑みを浮かべて言う。

「もちろん。小田をよろしくお願いします」

小田雪哉

「こんばんは。省林社の小田と申します」

僕は、門につけられたインターフォンに向かって言う。

『門も玄関も空《あ》いている』

無愛想な声が聞こえ、インターフォンが切られる。僕はため息をつきながら、門を押し開ける。

あの後。編集長はすぐに澤小路先生に電話をかけ、引継ぎですから、と僕に電話を代わらせた。澤小路先生は不機嫌に僕の挨拶《あいさつ》を聞いていたけれど「おたくの社は電話だけで挨拶を済ませるのか？」とちょっと怒った声で言ってきた。おろおろする僕の様子に気づいた高柳副編集長が電話を代わり、「今夜、挨拶に行かせますので」と約束をしてしまった。

……こんな気難しそうな先生に、一人で挨拶をしなきゃならないなんて。

終業の六時。僕は高柳副編集長と一緒に会社を出た。だけど彼は「甘えてどうする？　私は用事があるから一人で行け」と言い残してどこかに消えてしまった。

僕は、編集部のある神楽坂《かぐらざか》の老舗和菓子店に寄り、編集長から教わった澤小路先生の好物だという麩饅頭《ふまんじゅう》を買って、中野にある澤小路先生のお宅までやって来たんだ。

「……いかにも作家さんのお宅って感じだなあ」

僕は呟《つぶや》きながら、庭を見渡す。形のいい大きな松が何本も茂る日本風の庭。点々と敷石の置かれた地面を覆うのは、翡翠色《ひすいいろ》の見事な苔《こけ》。瓢簞形《ひょうたんがた》の池には金色の見事な鯉《こい》がゆったりと泳いでいる。

家は平屋の日本家屋で、重厚な瓦《かわら》と漆喰《しっくい》の白い壁が印象的だ。玄関は艶《つや》のある木材で作られた格子戸で、曇りガラスがはめ込まれている。

都内の住宅地にあるから広さはそれほどではないけれど、かなりお金をかけて大切に手入れされているお宅って感じだ。

「……澤小路先生の作風ともよく合ってるかも」

高柳副編集長は、澤小路先生がいかにも女好きみたいに言っていたけれど……澤小路先生の作品は静かで骨太なイメージ。銀座で遊んでいるというよりはこういう和風のお宅で静かな時を過ごしているほうがずっと似合う気がする。

「うわっ」

呆然《ぼうぜん》と庭に見とれていた僕は、いきなり引き戸が乱暴に開けられたことに驚いてしまう。

「何をぐずぐずしている？　さっさと入ったらどうだ？」

そこには雑誌のインタビューなどで見たことのある、恰幅《かっぷく》のいい男性が立っていた。見事な白髪に、渋い鼠色《ねずみいろ》の着物。鬼瓦みたいな厳《いか》つい顔つき。いかにも作家さんというイメージの彼は、澤小路典昭先生、本人だ。

「は、初めまして、小田と申します！」

僕はぺこりと頭を下げる。彼は僕をジロジロと見回して、

「庭で何をしていた？　鯉にいたずらなどしていないだろうな？」

彼の言葉に僕は慌てて頭を振る。

「まさか。素敵なお庭だと思って見ていたんです。苔で地面を覆うのってとても難しいと聞きました。松も見事だし……ちょっと澤小路先生の作風と共通するかもって……」

僕は澤小路先生の鋭い視線に気づいて慌てて言葉を切る。

「すみません。実家の祖父が庭が好きだったので、つい。失礼しました」

急いで謝ると、彼は、ふん、と鼻を鳴らして興味なさげに言う。

「実家はどこだ？」

「福島です」

「家族構成は？」

「祖父母と、両親、姉夫婦が同居しています」

澤小路先生は聞いているのかいないのか、玄関からさっさと中に入っていく。

「どうして編集なんかになったんだ？」

廊下を歩きながら、彼がまだ質問してくる。僕は慌てて革靴の紐《ひも》を解《ほど》いて靴を脱ぎ、それを揃《そろ》える。そして慌てて彼の後を追って廊下に上がる。

「お邪魔《じゃま》します。……ええと、編集になったきっかけはやはり本が好き……うわあ」

彼に続いて部屋に入った僕は、思わず声を上げてしまう。

そこは、まさに小説家の書斎、という雰囲気の部屋。天井まである本棚にはぎっしりと本が並び、さらに入りきれずに床に積まれている。デスクトップのコンピューターが鎮座した巨大な書き物机の上には、資料らしき本やら辞典やら何かのプリントアウトやらがうずたかく積み上げられ、今にもすごい雪崩《なだれ》が起きそうだ。

澤小路先生は書き物机を回り込んで背もたれの高い革のチェアに座り、それから投げるようにして厚い封筒を渡してくる。

「読んでみろ」

「……？　はい」

不思議に思いながら開け……中に、端をクリップで留められ、何かが印刷された紙が分厚く詰まっていたことに腰を抜かしそうになる。

……今、校正はお願いしてなかったはずだし……まさか、原稿？

呆然とそれを見下ろし……それから、そんなわけがないと思う。

……きっと、省林社から出した昔の原稿とかだろう。だけどこれを僕にどうしろと？

僕は不思議に思いながらプリントアウトの束を引き出し、一番上になっていたページに目を落とす。そして、驚きのあまり本気で失神しそうになる。

「……し、新作……！」

その言葉に、澤小路先生は少しだけ驚いた顔をする。

「一ページ目を見ただけでわかるのか。私の著作は百冊以上だが」

「もちろんわかります！　澤小路先生の本は、すべて熟読させていただいてます！」

僕は叫び、胸が熱くなるのを感じながら、その原稿に目を落とす。

「すごい。編集になってよかったと思うのはこういう瞬間ですよね。まだ発刊前の澤小路先生の新作を、こんなふうに目にすることができるなんて……！」

僕はドキドキしながら叫び、うっとりとため息をつく。

「先週発売の最新作、『能登にて』ももちろん読ませていただきました。主人公の女性の純粋さに胸を打たれました。どの本も素晴らしいと思うのですが、僕が一番好きなのは大学生時代に読んだ『金扇』です。日本舞踊の奥深さが伝わってきただけでなく、絢爛《けんらん》豪華な描写にとても憧《あこが》れました。自分とは無縁の世界を垣間見ることができたような気持ちに……」

僕は我を忘れてまくし立て……彼が無表情になっていることに気づいて、慌てて口をつぐむ。

……うわあ。ノリの軽い若造だとか思われたよね、きっと。

思ったら、頭を抱えたくなる。

……せっかく担当に推薦してもらったのに、もうダメかも……。

「とりあえず読んでみろ」

澤小路先生が、僕の手の中の封筒を顎《あご》で示す。僕は驚きながら、

「でも、他社さんのためにお書きになった未発表原稿ですよね？　僕が読んでしまっては問題になるのでは？」

「著者の私が許可するのだから構わん。今すぐ読んでみろ」

「は、はい」

僕は手の中のプリントアウトを見下ろす。それはかなり分厚く、右下に振られているページを確認すると二百というページが最後。ということは一段組みなら四百ページ、ハードカバーの単行本一冊分はじゅうぶんにあるはず。

「じっくり読ませていただきたいのですが、そうなると時間がかかります。ここで読ませていただいてはご迷惑では……？」

僕は、書き物机の上にある電源が入れられたままのデスクトップコンピューターに思わず目をやりながら言う。

……これ、きっと原稿を書いている途中ってことだろうし……。

「私は仕事がある」

先生の言葉に、僕は慌ててうなずいて、

「わかりました。四時間ほどお借りできれば、近くの喫茶店へでも行ってそこで……」

「ここで読め。私は気にしない」

澤小路先生は言って、デスクトップコンピューターに向き直る。そしていきなりものすごいスピードでキーを叩き始める。

……うわあ、仕事を始めちゃった。

せっかく集中している澤小路先生の邪魔をしてはいけない、と思ったら、もう僕は動くことすらできなくなる。

……ここで読んでいいって言われたんだから、読ませていただこう。

……それに考えてみたら、外に持ち出したらコピーすることだってできる。他社の原稿を先生の目の届かない場所に持ち出すほうが問題だよね。

僕は心を決め、プリントアウトされた紙の束を膝《ひざ》の上に広げる。封筒をローテーブルに置こうとして、その中に何か薄くて硬い物が入っていることに気づく。そっと覗《のぞ》いてみると、そこにはケースに入れられたＣＤロムが入っている。

……プリントアウトだけじゃなくて、原稿データまで入ってる。

原稿データが同封されているってことは、今すぐにでも入稿することができるってこと。

……どういう理由で読んでいいなんて言ってくれたんだろう？　でも……。

プリントアウトを見下ろしていると、僕の鼓動がどんどん速くなる。

……尊敬している作家さんの未発表原稿を読めるなんて、本好きにとっては信じられないほどの幸運なことだ。

「読ませていただきます」

僕は彼の邪魔にならないように小声で言い、書斎のこちら側に並べられている古めかしいソファセットに座る。横に積まれていた資料の山が崩れそうになって慌ててそれを押さえ、なんとかローテーブルにそれを移し替え、そして本格的に読み始める。

最初、僕の耳には澤小路先生の叩くキーボードの音が聞こえていた。だけどすぐに僕はすべてを忘れて物語の世界に引き込まれ……。

最後の一文字を読み終わった僕は、うっとりとため息をつく。

「……すごい……」

目を閉じてさっきまでいた世界の余韻《よいん》を楽しみ、それからゆっくりと目を開けて……。

「うわっ」

向かい側のソファに澤小路先生が座っていたことに気づいて驚いてしまう。

「失礼なヤツだな。私がいれた茶も何も言わずに飲むし」

驚いて見下ろすと、資料でいっぱいのローテーブルの隙間《すきま》には、大きな急須と二人分の湯飲み茶碗が置いてあった。僕が手土産に持ってきた麩饅頭の箱が開けられ、僕の前に置かれた小皿には、それを包んでいたはずの笹の葉だけが残っていた。

「僕、先生にお茶をいれさせただけでなく、お土産の麩饅頭まで食べちゃったんですか？」

しまった、と背中を冷たい汗が伝う。澤小路先生は、その厳つい顔にムッとした表情を浮かべて言う。

「茶を前に置いたら、礼も言わずに飲んだ。饅頭はどうだろうと思って置いてみたが、やはり礼も言わずに食べた」

「ひい……」

僕は息を呑み、慌てて原稿をソファに置く。そして立ち上がって深く頭を下げる。

「すみません、僕、失礼なことを……！」

「それだけ面白かったということか？」

彼の問いに、僕は大きくうなずく。

「もちろんです。何もかも忘れてしまいました」

僕は言い、さっき感じた感動を思い出して胸を熱くする。

「本当にすごかったです」

「そうか。面白かったのならおまえにやる」

あっさりと言われた澤小路先生の言葉に、僕は耳を疑う。

……まさか、聞き違いだよね？

「いらないのなら、捨てていい」

僕はあまりのことに愕然《がくぜん》とする。それから、

「これって省林社のために書かれたもの、だったんですか？」

「違う」

彼は何かを思い出したように、苦虫を嚙《か》み潰《つぶ》したような顔になる。

「その原稿は他社のためのものだが、担当になった女性編集にムカついて、渡す気がなくなった。『他社から出す』と言ってその担当は叩き出した」

「……た、叩き出したんですか……？」

思わず聞いてしまうと、彼はさらに苦い顔になって、

「もともと、連絡は遅いわ、物を知らないわで、仕事ができない人間だった。担当を替えさせようと思っていた矢先、いきなりここで服を脱ぎだした。『原稿のお礼ですから』などとしなを作られて、うんざりした。私はプロ意識があって信頼のできる人間としか仕事をしたくない。……業界内で、どんな噂《うわさ》を立てられているか知らんがな」

高柳副編集長が言っていたことが脳裏をよぎり、僕は思わず呻《うめ》く。

……きっと他社でも同じような噂が立っているんだろうな。

「だからおまえにやる。いらないならおまえの会社のそばの神田川にでも捨てろ」

「そんなことできるわけがないじゃないですか！」

思わず叫んだ僕に、彼は顎をしゃくって見せる。

「そろそろ仕事に戻る。さっさと持って帰れ」

「……でも、本当にいいんでしょうか？」

まだ信じられない僕は、澤小路先生にギラリとにらまれて思わず立ち上がる。

「いいと言っている。仕事の邪魔をする気か？」

「あ、いえ、すみません！　失礼します！」

僕は慌てて原稿を封筒に入れて抱え、逃げるようにして書斎を出る。

「鍵はあけたままでいい！　それから、麩饅頭は十二個入りを買って来い！」

廊下を歩く僕の背中を、澤小路先生の声が追ってくる。

「六個入りでは足りない！　持ってきて自分で麩饅頭を食ってしまう担当もいるからな！」

「わかりました！　次は十二個入りをお持ちします！」

僕は叫び返し、引き戸を開けて玄関から外に出る。門を出て歩き出すと、やっととんでもないことになったという実感が湧《わ》いてくる。

……本当にいいんだろうか？

僕は住宅地を呆然と歩きながら、原稿の入った封筒を抱き締める。

……これって夢じゃないだろうか……？

大城貴彦

小田雪哉を初めて見たのは、桜の花びらの中だ。

俺はその時、飯田橋にある、川を見渡せるオープンカフェにいた。川の両岸には満開の桜並木が続き、あたたかな風が吹くたびに満開の桜の花びらがハラハラと散っていた。

飯田橋にある編集部に寄った帰り、俺は遅い昼食をそこで食べていた。花見のシーズンで週末にはカップルでいっぱいになるであろうそのカフェは、平日と半端な時間帯のせいでほとんど貸切状態だった。

見るともなしに桜を見ながらコーヒーを飲んでいた俺は、斜め前のテーブルにいる青年が読んでいるのが、自分の著書であることに気づいた。

それは少し前に発売になった俺の最新刊だった。発売後ずっとベストセラーランキングで一位になり続けているせいか、各書店の目立つ場所に広いスペースをとって平積みにされている。そのせいか本が売れるところを目撃することもあったし、電車や喫茶店でそれを読んでいる人間を見たことも一度や二度ではない。

……だが……。

自分の本を読んでいる彼を見て、なぜか私の心は激しく揺れた。

……なぜだろう……？

彼はたしかに美しい容姿をした青年で、男になど興味のないはずの私までが思わず見とれてしまうほどだった。だが、何かもっと別のものが俺の心を激しく波立たせていた。

それは彼のまとう、何か不思議な雰囲気。そして本を読んでいる彼の、不思議なほどの真剣さだった。

……あんなに真剣な顔をして本を読む人間は、珍しいかもしれない。

思いながら、彼の様子を見るともなしに見てしまう。

着慣れていなさそうな紺色のスーツ。不器用にアイロンをかけられたワイシャツ、小豆色《あずきいろ》の斜め縞《じま》のネクタイ。いかにもこの時期によく見かける新社会人というイメージの彼は、しかし服を着ていても解る、とても美しいスタイルをしていた。

ごつさは微塵《みじん》もないが女性のそれとも違う、きっちりと張った肩。

姿勢よく伸ばされた背中、ほっそりとしたウエスト。

現代っ子らしい、すらりとしなやかな手足。

ミルク色の頬《ほお》は、どこかにまだ少年のような幼さを残している。

すっと通った細い鼻筋。

淡い桜色の、柔らかそうな唇。

優しげな眉と、長い睫毛《まつげ》。

春の日に煌めく、紅茶色の瞳《ひとみ》。

ページをめくるのは、雪のように白い美しい指。

彼は真剣な顔でページをめくり、そして、いきなりとてもつらそうに眉を寄せる。

彼の目にいきなり涙の粒が盛り上がる。長い睫毛が瞬《まばた》いた瞬間、それが弾《はじ》けて滑り落ちた。

彼は本からまったく目を離さず……泣いていた。

彼の形のいい指が、最後のページをめくる。

彼は眉を寄せたままそこを読み、動きを止め……そしてゆっくりと本を閉じる。

彼の美しい手が、本の最後のぬくもりを感じようとするかのように重ねられている。彼は瞼《まぶた》を強く閉じ、その唇から陶然としたため息を漏らした。

滑らかな頬を伝う涙が、春の日に宝石のように煌めきながら滑り落ちる。美しい彼の横顔の向こうに、雪のように桜が舞い散る。

その光景から、目が離せない。

俺の鼓動が、だんだんと速度を上げる。

……この気持ちは、なんなんだ……？

ブルル、ブルル！

テーブルに置かれていた彼の携帯電話が、いきなり振動した。彼はまるで夢から覚めたかのように目を見開いて呆然と周囲を見渡し、それからやっと電話に気づく。慌ててフラップを開いて通話ボタンを押す。

「お、小田です」

彼は自分の声がかすれていたことで、自分が泣いていたことに初めて気づいたようだ。慌てて手の甲で頬の涙を拭《ぬぐ》い、咳払《せきばら》いをする。

「はい。戻る途中で、お昼ご飯を……ええっ？　わかりました、すぐ帰ります！」

彼は言って電話を切り、それを内ポケットに入れる。伝票を取り、テラスチェアに置いてあった鞄を開いて俺の本を入れる。そして書類封筒を脇《わき》に抱え、レジに向かって歩き出す。

俺はなぜだか名残《なごり》惜しい気持ちで彼の後姿を目で追い……そして彼が脇に抱えている封筒に印刷された文字を見て、ドキリとする。

……『省林社』……。

それは、俺も仕事をしている出版社だった。

……編集者か……？

レジで金を払い終わった彼は、髪をなびかせ、すらりとした足を動かして、軽い足取りで川沿いの道を遠ざかっていく。

俺の胸が、年甲斐《としがい》もなく熱くなる。

……これは……なんなんだろう……？

俺は自分を冷淡な人間だと思っている。どんな本を読んでも、どんな作品を書く時にでも、感情に酔ったりはしない。

……なのに、この気持ちはなんなのだろう？

俺の心の中に、不思議な、しかし絶対的な予感が下りてくる。

……もしもまた彼に会う機会があったら、それは運命かもしれない。

……彼は、俺の人生を大きく変えてしまうかもしれない。

小田雪哉

澤小路先生の新作がもらえたということで、編集部、営業部、ともに上を下への大騒ぎになった。出版会議では異例の初版部数が決められ、僕は編集長や副編集長だけでなく、社長からまで褒められてしまった。

……それは嬉《うれ》しかったんだけど……。

「『男なのに身体で原稿を取ってくる編集』っていうのは、君かあ！」

ここは銀座の文壇バー。僕の肩を抱いて言うのは、ベテランのハードボイルド作家、古田《ふるた》先生。作品を読んで憧れてはいたけれど、しつこいのでちょっと辟易《へきえき》している。

「たしかに下手《へた》な女性よりも可愛い顔をしてるもんなあ。お肌なんかすべすべだぜ？」

「まあ、古田先生、それって私たちに対する嫌味？」

「たしかに綺麗《きれい》な方だけど、私たちを差し置いてってひどくありません？」

ソファに同席しているホステスさんたちが拗《す》ねたように言い、席はさらに盛り上がる。

「ねえ、小田くん」

反対隣に座っていたロマンス小説で有名な金村《かねむら》先生が、僕の腕をそっとつつく。

「僕、最近男女だけじゃなくて男同士にも興味があるんだよね。取材させてくれない？」

「いえ、僕はそういうのは……」

「こら、小田」

向かい側に座っていた省林社の営業部長、北河《きたがわ》さんが怒った顔で言う。彼はハンサムだけどかなりの鬼畜と言われていて、会議では大論争になることも多い。

「断ってどうする？　ちゃんとお相手しろ。その代わり売れる原稿をもらえよ」

ことの真相をちゃんと報告したはずなのに、高柳副編集長までが可笑しそうに笑ってる。

……信じられないぞ……！

「すみません、ちょっとお手洗いに行って来ます」

僕は言ってさりげなく金村先生の手を振り解き、席を立つ。賑《にぎ》わうバーの中を歩き抜け、男性用のトイレに向かって中に入る。

「……はあ、なんだかもうさんざんだ」

いかにも銀座の高級クラブって感じの大理石張りのトイレには、人影はなかった。顔を洗い、ハンカチで拭きながら深いため息をつく。

「……しかもまた断れずに飲まされちゃったし」

頬が赤くなっていることに気づいて、さらにため息。北河部長や高柳副編集長は、よく見ているとなんだかんだ言いながらお酒をほとんど飲んでいない。接待する側らしく相手にいろいろなものを勧めて上手にごまかしている。

「あの技を身につけないと、身が持たない」

僕は頬を両手で叩きながら、またため息。かなり勧められて飲んだから、明日の仕事にも影響が出そうだ。

「はあ。なんとか時間を稼いで酔いを醒《さ》まさなきゃ」

いくら銀座の高級クラブとはいえ、いい大人がトイレで一人で時間をつぶす図っていうのはとてもマヌケでちょっと情けなくなる。

その時いきなりドアが開き、僕は慌てて振り返る。

「小田くん、酔ったのか？」

言いながら入ってきたのは、次の猶木《なおき》賞候補といわれているベストセラー作家、疋田《ひきた》吉春《よしはる》先生だった。びしっと決めたヴェルサーチのスーツ。若い女性にとても人気のあるハンサムな顔。今日の接待のメインだからくれぐれも失礼のないように、と営業部長と副編集長からきつく言われている。

「なかなか出てこないから心配したよ」

彼は言って僕に歩み寄り、僕の肩を抱いてくる。

「君がいないと華がないじゃないか」

気障《きざ》な口調で言われ、耳元に囁《ささや》かれて、ちょっと寒気《さむけ》がする。

……いや、そんなことを言っちゃいけないんだけど……。

「綺麗なホステスさんたちがたくさんいらっしゃるじゃないですか。それじゃ、僕は……」

「ちょっと待って」

逃げようとした僕は、疋田先生の腕にさらに強く抱き締められて動きが取れなくなる。

「身体で原稿を取るって、本当？」

耳元で囁かれて、さらに冷たいものが背中を走る。僕は声が不愉快そうにならないように気をつけながら、

「もちろん冗談ですよ。本気になさらないでください」

「でもあの澤小路先生から原稿を取ったんだろ？　僕も君になら原稿を渡してもいいなあ」

彼が言い、僕の後頭部を大きな手で支える。そのまま顔を近づけられて、僕は青くなる。

……嘘だろ？　まさかキスしようとしてる？

今までからかわれたことはあっても、せいぜい肩を抱かれるくらいで、こんなことまでされたことはなかった。

……っていうか、僕、キスとかしたことないんだけど……！

編集になることばかり考え、ずっと本に夢中だった僕は、恥ずかしいけれど女の子とまともに付き合ったことがない。だからキスもしたことがなくて……。

「待ってください、僕は……」

逃げようとするけれど腰を抱き寄せられて、逃げられなくなる。

「抵抗していいのか？」

疋田先生のハンサムな顔が、なんだかいやらしくゆがむ。

「僕の機嫌を損ねたら、面倒なことになるかもしれないよ」

その言葉に、僕は本気で青ざめる。

……疋田先生はきっと酔っているだけで、本気で脅す気はないんだろう。でも気分よく飲んでいたのに白けさせたりしたら、後でとんでもないことになるかもしれない。

「わかってくれたかな？」

疋田先生が言って、顔を近づけてくる。僕は泣きそうになりながら、思わず目を閉じる。

「そうだ。そうやって素直にしていたほうが可愛いよ」

彼のなまあたたかい息が唇に触れ、僕は思わず歯を食いしばる。

……うわ、どうしよう、本当に嫌だ……！

僕は身体をこわばらせながら、心の中で叫ぶ。

……誰か、助けて……！

バン！

乱暴にドアが開く音がして、人々の声と音楽が大きくなる。ギュッと目を閉じていた僕は、ハッと我に帰って思わず疋田先生の身体を押しのける。

そしてそこに立っていた人を見て、こんな場合じゃないのに思わず呆然としてしまう。

……うわ、ものすごいハンサム……。

彼はその逞しい身体を、いかにも仕立てのよさそうなスーツに包んでいた。

男らしく引き締まった陽《ひ》に灼《や》けた頬。

上品な高い鼻梁《びりょう》。

どこかセクシーな唇。

凛々《りり》しい眉、長い睫毛の下で煌めく漆黒の瞳。

……映画俳優か、モデルだろうか……？

僕は呆然と彼に見とれ……彼もどこか呆然とした顔で僕を見つめ返す。

「君か」

疋田先生はその男と知り合いなのか、怒った声で言う。

「まったく無粋な」

なんだかとても悔しそうに言い、僕の身体を離すとトイレから出て行く。

「邪魔をしたかな」

彼の唇から、低い美声が漏れる。僕は一瞬その響きに聞きほれ……それから慌ててかぶりを振る。

「いえ、助かりました。ちょっと困っていて……」

僕は言い、彼に向かって深く頭を下げる。

「どうもありがとうございました」

言って顔を上げると、彼は軽蔑《けいべつ》したような目で僕を見下ろしていた。

「なんてひ弱なんだ。抵抗もできないのか？」

彼は呟き、そのままトイレを出て行ってしまう。

……たしかにひ弱だけど……。

僕はがっくりと落ち込んでしまいながら思う。

……あんな格好いい人にあんな目で見られるのは、なんだか妙にきつい。

大城貴彦

「オレが嫌いなのは、なんと言っても疋田ですよ！」

俺の向かいに座った青年が、コークの入ったグラスを、ドン、とテーブルに置く。

「汚い手を使ってライバルを蹴落《けお》とそうとしたり、無茶な交渉で初版部数を上げさせたり、そんな噂ばっかり！　それが本当なら許せないですよね！」

彼は紅井悠一《くれないゆういち》。小柄な身体を包むのは、黒の長袖《ながそで》Tシャツにジーンズ。高校生のような見かけだが、最年少で江戸川欄歩《えどがわらんぽ》賞を受賞してデビューした、二十歳の新進気鋭のミステリー作家だ。整ったルックスとアバンギャルドな作風もあり、ミステリーマニアだけでなく一般の若者にもかなりの人気がある。

ここは六本木ヒルズ近くにある地下のバール。イタリア語が飛び交い、楽しげな笑い声とワインの香りが充満する空気は、とても庶民的だ。どちらにしろ俺は気取った自称文豪たちが集《つど》う文壇バーなどよりもこちらのほうがよほど落ち着く。

「あの人には、自分のスタイルも文体もないです」

サングリアのグラスを傾けながら彼の隣から言ったのは、押野充《おしのみつる》。薄茶色の髪、整った顔には銀縁眼鏡《めがね》。長身の身体を包むのは黒のカシミアのセーターと栗色のスラックス。いつも優しげな雰囲気の彼だが、いい加減な仕事をする編集には鬼のように恐ろしいと聞いた。書いているものは、警察物のミステリー。大ベストセラーになった検死官物でその年の賞を総なめにし、今年は海外でもミステリー賞を受賞した。来年にはハリウッドで映画化が決まっているらしい。

「僕は常々、人間ほど怖いものはないと思っているんですが……あの人はその中でもかなり不気味な類《たぐい》ですね。正体がつかめない」

「要するに、全部借り物なんだろ？　そういう作家もいるさ。本好きとしては嘆かわしいけどなあ」

ハモンイベリコの皿を引き寄せながら言ったのは、草田克一《そうだかついち》。逞しい身体を、モスグリーンのTシャツとアーミーカラーのパンツに包んでいる。身なりに構わないせいでかなりむさくるしいが、よく見ると顔はかなりのハンサムだ。海外を舞台にした壮大な歴史物を書く彼はしょっちゅう取材に出ていて、今日もチベットへの取材旅行から戻ったところらしい。巨大なリュックと土産が入っているらしい汚い紙包みを預けられたこの店のギャルソンが目を白黒させていた。

「そういうやつはチベットの山奥にでも放り込んで、自給自足の生活をさせてやりたい」

「そんなことしたら、チベットの山羊《やぎ》が身包《みぐる》みはがされそうだ。大迷惑ですよ」

押野が言い、紅井と草田が、本当にやりそうだ、と笑う。

脳裏をさっき見た光景がよぎり、私は思わずため息をつく。疋田は嫌がる小田を無理やりに抱き締め、キスを迫っていた。小田の今にも泣き出しそうな顔を思い出すと、怒りに身体が震えてくる。

「あれ？　何か言いたいことがありそうだね、大城さん？　言っちゃえば？」

紅井が身を乗り出して言い、草田が豪快に笑う。

「実は、大城と俺は、さっきまで、銀座の『紫煙《しえん》』にいたんだ」

「へえ。大城さんが文壇バーに行くなんて珍しいな」

「俺の帰国祝いだと言って、無理やりに引っ張り出した。来ていた各社の編集たちが大喜びして、大城に名刺攻撃をしていた。大城のムッとした顔がなかなか面白かった。……食い物もワインもイマイチだから、さっさとタクシーで移動してきたけどな」

「……で？　もしかして……」

紅井が興味深げに身を乗り出し、草田が肩をすくめる。

「疋田もいた。席が離れていたから挨拶はしなかったけれどね」

「……ていうか、その不機嫌さ……もしかして、トイレとかで遭遇してません？」

紅井の言葉に俺はまたあの光景を思い出して眉をひそめる。押野が苦笑して言う。

「疋田さんって、ゲイ疑惑もありますよね？　大城さんハンサムだし、トイレでセマられたりしていませんか？」

「疋田が好きなのはごつい男じゃなくて美青年と言われてる。出版社のパーティーに来ている若くて顔の綺麗な作家やイラストレーターをチェックしては執着するとか。……そうそう、可愛いといえば！」

　草田が俺のほうを振り返って、

「今夜は省林社の噂の新人編集くんも来てたよな。見たか？　もしあの子に上目遣いで『原稿お願いします』って言われたら、断れないなあ」

「草田さん、鼻の下が伸びてますよ。……見たことないけどそんなに可愛いんですか？」

　からかうような押野の声に、草田が本気の顔で考え込む。

「うう～ん。綺麗と可愛いの中間かな？　色が白くて、髪の毛が艶々で、目がキラキラして……あの子に『先生の新作面白かったです』とか言われてみたいなあ」

　草田は言い、それから露骨に不愉快そうな顔になり、

「そういえば、疋田の好みかもしれないな。イマイチ押しが弱そうな子だったから断れないかもしれないし」

「それは気の毒。しかも『身体で仕事を取る』とか他社で陰口言われてるんですよね？　文芸の編集ならもっとガツンと行かないと舐《な》められちゃいますよね」

紅井が少し心配そうに言う。押野も少し気の毒そうな顔をして、

「まあ、それを本気で信じる作家はいないでしょうが……たまに信じるおバカさんもいそうですし」

「そうそう、疋田さんみたいなタイプ？」

紅井の言葉に、俺は思わず眉を寄せる。小田の嫌がる顔が目に浮かんで、心がキリリと痛んだからだ。

「……しかし」

押野がワインを一口飲んでから、テーブルに身を乗り出す。

「いろいろ飛び交ってるのはすべて噂で、何一つ証明されてるわけじゃない。だけど同業者にこんなにまで嫌われてるのって、どうしてだと思います？」

その言葉に、草田が嫌な顔をしながら、

「疋田は、前年に猶木賞を取った作品を、次の年にあからさまに真似《まね》てくる。傾向や題材だけじゃなく、文体まで」

「もともとあの人にオリジナリティーなどありません。それに文学を愛しているから小説を書いているのではなく、名声と金が欲しいからこの職業を選んだ……というのが透けて見えるんだ。好感が持てるわけがありませんよ」

いつも穏やかな押野が、珍しく厳しい声で言い捨てる。

「なんか、疋田さんを見てると嫌な予感がするんですよね、オレ」

紅井が、眉をひそめながら言う。

「あの男が、これから何か、とんでもないことを引き起こしそうな」

言うと、草田と押野が揃って深くうなずいている。

「それは言い得て妙だ。しかもあの男のことだから、破滅する時にはその周囲の人間全員を巻き込みそうだ」

「作家の勘というヤツでしょうか？　僕もそんな気がします」

「うわ、疋田と一緒に破滅するのは絶対に嫌だ」

紅井が怖そうにブルッと震えてから、可笑しそうに俺を見る。

「大城さんみたいな色男と一緒なら一緒に破滅してもいいかな～」

「からかうな。大城は誰だかわからないがどっかの美人に惚《ほ》れてるらしい。夢中になるあまりそれであっさりとスランプに陥ったんだ……って、省林社の高柳さんが言ってたぞ」

「高柳め、余計なことを」

俺が思わず呟くと、紅井が楽しそうに笑う。

「へえ、純情なんだ、大城さんって。保護欲くすぐられるなあ」

「こらこら。……まあ、大城さんがスランプだなんて業界の誰も信じてないですよ。どうせその美人を主人公にした超大作の準備に入ってるんでしょう」

「おお、それで猶木賞狙《ねら》ってるのか。業界外の噂では疋田も候補にあがりそうだとか。あいつが取ったら本気でムカつくから、頑張れよ」

口々に言われて俺はため息をつく。

「どうでもいいが、おまえら、〆切は？」

俺が言うと、彼らは揃って顔を見合わせる。

「オレと押野さんはともかく、取材から帰ってきたばかりの草田さんまで黙るって、どういうこと？」

紅井の言葉に、草田は肩をすくめて言う。

「取材は光岳社《こうがくしゃ》、原稿の〆切は翔林館《しょうりんかん》。明日の夜までにエッセイを一本仕上げる」

「なんでそんなに堂々としてるんですか？　といいつつ僕は明日の夕方が〆切ですが。今夜は寝ないで見直しをしなくては」

押野が言いながら、伝票を覗いて一人ずつの勘定を計算して告げる。紅井は言われた分の飲み物代を俺の前に置きながら、

「みんな優等生ですね。オレなんか来月発売の単行本のデッドラインが明日の昼。だけどまだ、五十ページもあって……」

「おまえのスケジューリングはひどすぎる。おまえの担当編集にだけはなりたくない」

草田が言い、自分の分の金をテーブルに置いて紅井の襟首を摑む。

「俺のマンションでカンヅメだ。陽文社《ようぶんしゃ》の橋本《はしもと》編集長には恩があるんだ」

「嫌だ、草田さん家《ち》って広いけど散らかってるじゃないですか。どうせなら大城さんのお洒《しゃ》落《れ》なマンションで……」

「うるさい。ほら、命よりも大切なモバイルを忘れるな」

紅井のバックパックを渡してやりながら、草田が振り返る。

「もしかして本当に悩んでいる？　それならちょっとは相談に乗るぞ」

俺は、どうも、という意味で手を上げ、

「女子中学生じゃあるまいし。自分の問題くらい自分で解決する」

「まあ、おまえならそうだろうよ。……ほら、行くぞ」

草田が言って、紅井を連れて出口に向かう。押野が笑いながら勘定をテーブルに置く。

「合宿、楽しそうですね。寝ないように、僕もご一緒しようかな。……大城さん。冗談じゃなく、何かあったら僕も相談に乗れます」

ごくごく軽い口調で言うが、その目は真剣だった。

「僕はデビュー前からあなたのファンでしたから。新作、楽しみにしているんですよ」

言って踵《きびす》を返し、彼らに続く。俺は彼らの騒々しい後姿を見送り、ため息をつく。

……もしかしたら、俺はもう二度と書けないのかもしれない。

不吉な予感が、胸に黒く広がってくる。

……今の俺には、書くべきことなど、もう何もないような気がする。

俺の両親は厳格で、実家の事業を継がせることだけを目標にして俺を育ててきた。だが俺はそれを裏切り、自分の夢だった小説家になった。

……書けなくなることが、まさかこんなにつらいなんて。

俺は、胸が強く痛むのを感じながら思う。

……だが、どうして書けないのか、原因が理解できない。

俺の心に、小田雪哉の美しい横顔が鮮やかに蘇る。

……彼に会えば、彼と仕事ができれば……俺はこの地獄から抜け出せるかもしれない。

今の俺にとっては、彼はたった一つの光明のような気がする。

小田雪哉

　あれ以来、澤小路先生の本の作業は編集長の手も借りつつ着々と進んでいる。澤小路先生は僕には親切だけど……ほかの先生方は全然〆切を守ってくれないし、打ち合わせではふざけてばかり。自分がオモチャとしか扱われていないことをひしひしと感じる。

……こんなんで、本当に編集としてやっていけるんだろうか……？

「小田くん、ちょっと話がある」

太田編集長に呼ばれて、僕は慌てて立ち上がる。

「澤小路先生のこともあったし、君にもう一人、ある作家さんの担当を任せたいんだ。今までみたいな補佐じゃなくて正式な担当だよ」

編集長の言葉に、僕の心臓が跳ね上がる。

「本当ですか？　僕にできるでしょうか？」

「ぜひ君にやってもらいたいんだ。その作家さんの名前は大城貴彦先生」

「ええっ？」

その名前に、僕は呆然とする。彼は疋田先生と並んで次の猶木賞を取るんじゃないかといわれている人で、何より僕が編集を目指そうと思ったのは彼の本に感動したからだ。

「大城先生の担当になれるなんて、夢みたいです！」

僕が思わず叫ぶと、隣の席にいた高柳副編集長が可笑しそうに笑う。

「私からの交替だからな。くれぐれも失礼のないように」

言いながら僕に一枚のメモを差し出す。

「大城先生のご自宅だ。挨拶に行くことはお伝えしてある。行って来い」

「そしたら差し入れは……」

「大城先生には差し入れはいらない。手ぶらで行け」

高柳副編集長が言って、肩をすくめる。

……それってますます緊張するんだけど……。

「難しい方だから、頑張れよ」

高柳副編集長の言葉に、ますます緊張してしまう。

「ガ、ガンバリマス……」

大城先生は顔出しを嫌う先生で、彼の写真はまったく出たことがない。だから僕は彼が、どんな人なのかほとんど知らない。

……緊張するけれど……でも、彼に会えるなんて夢みたいだ！

「麻布十番で降りるなんて初めてかも」

地下深くにある大江戸線のホームから、やっとのことで地上に上った僕は、周囲を見渡しながら呟く。手元のメモに目を落として、地図を確認する。

「ええと……ウェンディーズの脇を入った麻布十番商店街の中」

僕は顔を上げてファストフードショップを確認し、歩き出す。

「ここが麻布十番商店街か。テレビでは見たことがあったけど……」

高柳副編集長の描いてくれた地図には、お店の名前と説明が細かく入っていた。ここはテレビでよく特集を組まれる名物商店街で、老舗がたくさん並んでいる。麻布という場所柄もあるのか、昔からありそうな古い店の間にオープンカフェや小さなレストランが並んでいて独特のお洒落な雰囲気だ。

「これが有名なおでん屋さんで、ここを曲がったところに鯛焼き屋《たいや》さんと有名なお煎餅屋《せんべいや》さんがあって、このパン屋さんのパンが美味《おい》しい。へえ……ん？」

高柳副編集長が地図に書いてくれている解説の下に、カッコで名字が書いてある。先生がついているところを見ると作家さんの名前だろうけど……？

「うわ、もしかして訪問する時の手土産のリストか！」

見覚えのある作家さんの名前が並んでいるところをみると、きっとそうなんだろう。しかもメモの下のほうに「狸《たぬき》煎餅三千円・缶入り×1、豆煎餅×1、鯛焼き×6（編集部夜食用）」とか書いてある。

「お買い物リストか！　きちんとメモを書いてくれてなんて親切なんだろうって思ったけれどこういうことか……」

僕はがっくりと肩を落とす。

「やっぱり僕は、ただの使いっ走りとしか思われてない……」

商店街を歩きながら情けない気持ちで呟くけれど……でも、と思い直す。

「大城先生の担当になって、先生と一緒にヒット作を生み出せれば、きっと僕も編集として認めてもらえる！　頑張らなくちゃ！」

僕は拳《こぶし》を握り締め、メモを力いっぱい握りつぶしてしまったことに気づいて慌ててそれを広げ、皺《しわ》を伸ばす。

僕はよく知らなかったけれど、麻布十番から六本木まではどうやらすぐみたいだ。目を上げると美しく煌めく六本木ヒルズが聳《そび》え立っている。地下鉄の六本木駅周辺には外国人向けのバーやレストランが多いから遊ぶのには便利だろうし、商店街の老舗の店の間には高級スーパーやカフェが並んでいて普段の生活に役立ちそう。一人暮らしのお洒落な男性が住むには、このうえない環境かもしれない。

大城先生の住んでいるマンションは、麻布十番商店街の真ん中あたりにあるみたいだ。僕は電柱に表示された住所を確認しながら歩き、探していた住所を見つける。このへんだ、と思いながら顔を上げ……。

「うわ。なんかすごい。こんなところにホテル？」

そこにあったのは、ライトアップされたガラス張りのロビーを持つ、豪華な石張りの建物だった。建物は商店街の道からはかなり奥まった場所に立っていて、道路に面したところは木々のライトアップされた広い前庭になっている。普通のシティホテルよりもずっと規模は小さいけれど、お金持ちの隠れ家って感じでますます高級なイメージだ。

「麻布ってすごいなあ。こんなところに隠れ家ホテルが……ん？」

前庭の入り口の門には、お洒落なフォントで『麻布十番アパートメント』と彫り込まれた、金色の真鍮《しんちゅう》板が取り付けられている。

「これって、僕が探していた、大城先生の……？」

僕はメモを確認し、住所の最後が『麻布十番アパートメント　１２０５』となっていることを確認する。

「イメージと全然違う！」

商店街の真ん中にあるみたいだったし、建物についている『アパートメント』の文字、それに澤小路先生の住んでいる古い日本家屋のイメージもあって、僕は大城先生もきっと古式ゆかしいアパートに住んでいるんだろうと勝手に想像していた。だけど……。

「なんだかすごい」

前庭の向こう側、建物のエントランスは自動ドアではなく金色の真鍮のふちを持つ両開きのドアになっている。両側にお仕着せを着たドアマンがいて、とてもアパートとは……。

「いや、外国人向けの物件ならアパートメントって名前がつくかも。日本のアパートとは全然違う意味だよね」

僕は呟き、恐る恐る前庭に踏み込み、エントランスまで歩く。

「こんばんは」

ドアマンはにっこり笑って言ってくれるけれど、ドアを開けてくれようとはしない。

「こ、こんばんは。あのう、1205室の大城さんに用事が……」

言うと、彼らはにっこりと笑みを浮かべてドアを開けてくれる。僕は緊張しながらドアを抜け、ロビーに踏み込む。高い天井に自分の靴音が響いたことに気づいてドキリとする。

……ああ、心臓に悪い。こんなところに住むなんて、どんなお金持ちなんだろう？

ベストセラー作家さんには僕の想像を遙《はる》かに超えるお金持ちも多くて、そのお宅の豪華さも半端じゃないらしい。ほかの編集者たちから聞く話に、かなり驚いたりする。

僕は、自分が大学時代から住んでいる古いアパートを思い出し、冷や汗を流す。

……僕はまだまだ駆け出し社会人だし、本当に庶民だからなあ。

ロビーは黒い石の張られた床と、ガラス張りの壁を持ったリッチな空間だった。並んだテラコッタの大きな鉢には、熱帯の観葉植物が植えられている。その向こう側にはソファが向かい合っていて、そこで欧米人らしい人がコーヒーを飲みながら新聞を広げている。

……なんていうか、日本じゃないみたい。外国の高級ホテル？

ロビーには、ホテルと同じようなフロントカウンターがあった。きちんとお仕着せを着たスタッフが三人並んでいて、僕に向かってにこやかな笑みを浮かべてくれる。そのうち二人は外国人だった。僕はさらに冷や汗を流しながら日本人らしき男性の前に立つ。

「こんばんは」

彼が日本語で言ってくれたことに不思議と安堵《あんど》しながら、取り出した名刺を見せる。

「こんばんは。ええと……１２０５号室の大城さんと約束をしています。省林社の小田と申します」

「うかがっております、小田様。少々お待ちください」

男性は言って、カウンターの中の電話の受話器を持ち上げる。ボタンを押し、しばらく待った後で話し始める。

「大城様。省林社の小田様が見えられました。……はい、かしこまりました」

彼は言って電話を切り、僕に向かってにっこりと笑いかける。

「どうぞお部屋へ、とのことでした。……こちらへ」

彼がカウンターから出てきて、僕はますます緊張してしまう。彼は僕をエレベーターに誘い、ちょうど一階にいたそれに乗り込む。扉を押さえて僕を乗せ、お尻に下げていた鍵の束を使って十二階のランプを点灯させる。扉が閉まり、エレベーターがゆっくりと動き出す。

……鍵がないとエレベーターにも乗れないってことか。なんだかすごいセキュリティー。

僕は見とれ、慌てて心のメモに書き付ける。

……こういう取材が、いつ何時先生方の作品のために役に立ててもらえるか解らないし。

「ホテルみたいですね。商店街の真ん中にこんな建物があるなんて麻布って感じです」

僕が思わず言うと彼はクスリと笑って、

「たしかに独特ですね。ですが、外国の方にもこの雰囲気は馴染《なじ》みやすいらしいです。同じ系列のアパートメントは都内にいくつかありますが、その中でもここはとても暮らしやすいとのお声をいただいております。大使館も近いので英語の通じる場所も多いですし、六本木ヒルズまでもすぐなので買い物にも便利です」

「たしかにすごく便利そうですね」

僕が言った時、エレベーターが十二階に到着した。彼は扉を開いて僕を降ろし、それから廊下を先に立って歩き出す。そして一つの部屋の前で立ち止まり、チャイムを押す。

『……はい』

不機嫌な美声が答え、フロント係の男性が「小田様をお連れしました」と言う。そして僕に挨拶をして踵を返す。彼が乗ったエレベーターの扉が閉まったと同じタイミングで、ドアの鍵が内側からあけられる音がした。

……うわあ、緊張する。

続いてドアが開き……出てきた人の顔を見て驚いてしまう。

出てきたのは、見事な長身の、モデルみたいなものすごいハンサム。そしてなんと彼は、文壇バーでキスされそうになっていた僕を助けてくれたあの男性だった。

……うわあ、あの情けない姿を見られたのが、まさか大城先生だったなんて……！

「初めまして、小田雪哉と申します」

僕は、彼が忘れていることを願いながら言ったんだけど……。

「何が初めまして、だ。俺の顔を忘れたのか？」

ジロリと睨《にら》まれて、僕は観念する。

……うわ、やっぱり覚えられてた……。

「いえ、もちろん覚えています。先生が忘れてくださってることを願いながら言いました」

「残念ながら忘れていない。あの時の礼を言わない気か？」

彼の言葉に僕は驚いてしまう。

「そうではありません。ただ、あまりにも情けない姿だったので忘れて欲しいと……」

僕は正直に言い、それから彼に向かって頭を下げる。

「あの時は、どうもありがとうございました。助かりました」

彼はチラリと眉を上げただけで何も言わず、踵を返す。

「……来い」

言って廊下をどんどん歩き出す。

玄関から廊下へはフラットになっていて、僕はどこで靴を脱ぐんだろう、と迷う。

「すみません、あの、靴はどこで……」

「適当に」

彼は言いながらどんどん歩いて行ってしまう。僕は慌てて革靴の紐を解き、ドアのそばに靴を脱いで靴下のまま彼の後を追う。彼は廊下の途中で立ち止まり、ふいに振り返って僕の足元を見る。

「欧米人向けの物件だと気づかなかったのか？　はいたままでもよかったのに」

「いえ、でも万が一絨毯《じゅうたん》とかを汚したら大変ですから。それに先生も裸足《はだし》ですし」

僕が言うと、彼はまたチラリと眉を上げる。

「ボケているようだが見るところは見ているな」

彼は言ってまた踵を返し、長い廊下を歩き出す。

……うわあ、すごい美形なのに、ちょっとイジワルかも！

僕は彼の後を追いながら心の中で叫ぶ。

彼は廊下の突き当たりまで歩き、そこにある大きな両開きのドアに両手をかける。彼がそれを押し開け……僕は思わず声を上げてしまう。

「うわ、東京タワー！」

広い広いリビングの向こう側は、一面の巨大な窓になっていて……そこには広がる東京の夜景と、見事な東京タワーが見えていた。

「……すごい……！」

澤小路先生の部屋はいかにも文豪らしい雑然とした場所だったから、きっとここも？　と想像していたけれど、彼の部屋は完璧に片付いていてまるでモデルルームみたいだった。

「……こんな素敵な部屋、初めて入りました……」

僕は呆然と見とれてしまいながら言う。

彼の部屋のリビングは、畳数にしたら四十畳くらいはあるだろう。漆黒の石で覆われた床、煌めく東京タワーと美しい東京の夜景が広がる巨大な窓。両側にある壁にはプリミティブなイメージの朱色と金彩で描かれたアジアンアートの額が飾られている。

窓際には、黒革の張られたシンプルなソファ。チーク材のローテーブルには細かい彫刻が施されている。きっとバリ島あたりから輸入されたアンティークだろう。

窓際に置かれた大きな長方形の鉢には黒竹が植えられ、その下には大きな素焼きの壺《つぼ》がある。それはアジア風のウォーターファウンテンで、水が音を立てながら落ち、壺の中で涼しげに響いて……聞いているだけで癒《いや》される。

男っぽいシンプルさと、現代風のアジアの雰囲気が混ざり合った彼の部屋は本当にお洒落かつリッチで……。

「なんだか、アジアの超高級ホテルにでも来てしまったかのような気分です。素敵だなあ」

僕はうっとりしてしまいながらリビングを見渡す。

「どうぞ、座っていてくれ」

彼は言って、僕に黒革のソファを示してみせる。

「猫がいるから気をつけろ」

「え？　うわ！」

僕はソファを見下ろして驚いて声を上げてしまう。視界の隅に、黒い革のソファにおかれた格好いい豹柄《ひょうがら》のクッションが見えていた。だけど、それがいきなり動いたんだ。

「うわ！」

身体を伸ばして欠伸《あくび》をしているそれを、驚いて見返す。綺麗なグリーンの目も、への字の口も、そしてしなやかな身体の形もたしかに猫だ。だけど……。

「これ、ベンガルですよね？　雑誌とかでは見ていたけど、実際の子は初めて見ました！」

猫の胴体部分には、黒い縁取りを持つ琥珀色《こはくいろ》のスポットが綺麗に散らばっている。それはまさに豹というイメージで……。

「こんなに綺麗なスポットが出ているってことは、高貴な生まれなんだろうなあ」

僕は思わず言い、それから警戒させないように気をつけながら彼の顔のそばにそっと手を差し出す。猫は一瞬だけ考え、それから僕の指先をペロリと舐めてくれる。

「人懐こい、いい子だなあ」

僕は指をゆっくり滑らせて、顎の下をそっと撫でさせてもらう。猫は僕をチラリと見上げ、それから目を閉じてゴロゴロと咽喉を鳴らす。

「猫が好きなのか？　慣れているようだが」

少し驚いたような大城先生の言葉に、僕はうなずく。

「ええ、大好きです。物心ついた頃から、ずっと飼っていましたから。もちろん血統書つきとかではなく、雑種ばかりですが。今いる子たちは、黒猫と、白猫と、白黒のハチワレです」

猫は咽喉を鳴らしながら、人懐こく自分から僕の手に頭を擦《こす》り付けてくる。

「よしよし。名前はなんですか？　男の子？　女の子？」

僕は猫の頭を撫で、そのまま背中まで指を滑らせる。慣れていない子は背中に触ると嫌がったりするけれど、この猫はほんの少し身体を硬くしただけで従順に撫でさせてくれた。

「性別はオスだ。名前は……元の同居人は血統書の名前で呼んでいたが、難しいので忘れた。

俺はタマと呼んでいる。もっとも呼んでも来たためしがないが」

「タマ！」

彼の言葉に、僕は思わず笑ってしまう。大城先生は僅《わず》かにムッとした顔になり、

「何か文句があるか？」

「いいえ。トラディショナルな、素敵な名前だと思います」

僕は言いながら、タマの背中をそっと撫でてやる。

「うわあ、スベスベのフカフカ。お風呂に入れたり、グルーミングしたりしてみたいなあ」

「好きにしてくれ。前はよく風呂に入っていたようだが……俺にはとても無理だ」

大城先生の言葉に、僕は不思議に思いながら彼を見上げる。

「前は？　もしかして別の人から譲られて、ここに来たばかりとか？」

「半年前、同居していた無責任な人間が置いていった。もともと俺は猫は苦手なんだ」

「猫が苦手なんですか？　こんなに可愛いのに」

腰の辺《あた》りを掻《か》いてやるとタマは目を細めてソファに転がり、僕にお腹《なか》を見せてくれる。僕は彼を警戒させないようにそっと手を動かし、そのお腹をそっと撫でてみる。

「うわあ、お腹がプニプニだ〜」

僕はその手触りにうっとりしながら言う。

「タマは本当に人懐こいですね。普通なら初対面の人間にこんなことさせてくれませんよ」

「その猫は、俺の前では一度もそんなことをしたことがない」

彼は不機嫌な声で言い、リビングを横切って一つながりになったオープンキッチンに入っていく。

彼の部屋のキッチンはリビングよりも一段高くなっていて、まるでレストランの厨房《ちゅうぼう》みたい。コンロや流しは外国製らしく、ヘアライン仕上げの金属でできていてすごくお洒落。部屋と同じように余計なものはグラス一つなく、完璧に片付けられている。

彼が頭上の棚を開き、綺麗に整頓されたその中からコーヒー豆の入ったガラス製の容器を取り出す。彼が続けてコーヒーミルやドリッパーを取り出したのを見て、僕は慌てて言う。

「僕、やります。大城先生はお仕事……」

ソファから立ち上がろうとした僕を、彼が手を上げて止める。

「人の淹《い》れたコーヒーは飲めない。それに俺が今一枚も書けないことを、高柳から聞いているんだろう？」

その言葉に、僕はそのままの格好で固まる。

僕はなんと言っていいのか迷い、それから正直に答える。

「……はい、聞いています。でも、ちょっとした気分転換でもすればきっと……」

「もう半年もスランプだ」

彼は言って、コーヒーミルの中にスプーンで量った豆を入れる。

「まあ、俺はこのまま書けなくなっても仕方がないと思っているけれどね」

彼の口調は驚くほど投げやりで、僕は思わず立ち上がる。

「待ってください！」

拳を握り締めて叫んだ僕を、彼が驚いたように振り返る。

「じゃあ、あなたの本を待っているファンはどうなるんですか？」

彼は黙ったまま僕を見つめ、唇の端に微かな笑みを浮かべる。

「そんなものは実在するんだろうか？　たまにそう思うことがある」

「存在します！　だからファンレターだって来るんじゃないですか！　それにここに一人実在しますから！」

僕が思わず言ってしまうと、彼は驚いたように微かに目を見開き、それから苦笑する。

「顔に似合わず熱血だな」

言って彼はコーヒーを淹れる作業に入り、僕は一人で赤くなる。

……めちゃくちゃあきれられたような気がする。

◆

「美味しいコーヒーを飲むと、先生のお書きになった『氷原』を思い出します。主人公は、愛していた年上の人に、想いを告げる代わりにコーヒーを淹れてあげていましたよね。あの本を読んでいる間中、芳《かぐわ》しいコーヒーの香りがしているような気がして」

彼が『人が淹れたコーヒーは飲めない』と言った意味がよく解ってしまうほど、彼のコーヒーは薫り高く、本当に美味しかった。僕はそれを味わいながら、うっとりと言う。

「これを書いた作家さんはきっと本当にコーヒーが好きなんだろうな、と思いました。あの詳細な記述はかなりのマニアか、でなかったらそうとう取材して書いたんだろうなって」

「当時の担当と二人でブラジルまで行った。コーヒー農園と焙煎《ばいせん》工場を見学し、ブラジルで一番と言われる老舗のカフェに行き、店主に取材をした」

あっさりと言われたその言葉に、僕は驚いてしまう。

「そんなことまで？」

「俺は思いつめる性質だし、担当もしつこい男だった。……当時の担当は高柳だったが」

「そうだったんですか！　聞いていませんでした！」

「言いたくないんだろう。高柳は、あの『氷原』が原因でしばらく別の編集部にトバされた。思い出したくもないはずだ」

彼の言葉に、僕はドキリとする。

たしかに、高柳副編集長が一時期別の編集部にいたことがあるのは知っている。たしかほとんど部数の出ない飛行機関連の雑誌の編集部だったと思う。

ただそこにいたのは一年くらいだったみたいだし、その時のことを高柳副編集長は「せっかく好きなマニア向け雑誌で金をもらえていたのに、こんな忙しい部署に戻されて」とよく冗談で言っている。だから深刻な事情があるなんて思ってもみなかったんだけど……。

「……知りませんでした」

僕が言うと、彼はため息をついて言う。

「高柳はあの本が売れると確信して営業にかなりの無理を言い、桁違《けたちが》いの部数を刷らせた。だがあの本は当時はまったく売れず、会社に大打撃を与えた。当時の営業部長は不遜《ふそん》な高柳のことをもともとよく思っていなかった。それもあってあっさりとトバされた」

その言葉に僕は呆然とする。

「そうなんですか？」

「知らないとはな。その話は、他社の編集ですらよく知っている」

「でも『氷原』は発刊の二年後に英国で文学賞をとって……わが社では今でも売れ続けている本の一つで……」

「それがなかったら、高柳は文芸には戻ってはこられなかっただろう。営業部長が交替したことと、ずっと高柳をかばっていた太田編集長の働きも大きかったと思うが」

「でも……あの小説の後も大城先生はベストセラーを連発していて……」

「すべて他社から出た作品だ。省林社では『氷原』を超える作品は、未《いま》だに一作も書けていない」

彼はコーヒーをゆっくりと飲んでから、僕に視線を移す。

「俺はそういう過去のある作家だ。他社ではともかく、省林社の上層部では未だに問題児とされている。何か問題が一つ起これば、おまえのような新人はどこかに簡単にトバされるだろうな。……それでも担当する勇気はあるか？」

「……あ……」

「文芸の編集がやりたくて省林社に入ったんだろう？」

漆黒の目で真っ直ぐに見つめられ、僕はゴクリと唾《つば》を飲み込む。

……彼の目は本当に真剣だ。あっさりとした口調とはうらはらに、彼が今でもその時のことを忘れていないような気がする。

僕の心が、なぜかズキリと痛む。

……もしも僕にできることがあったら、どんなことでもできればいいのに……。

「担当、やらせていただきます」

僕の唇から、かすれた声が漏れた。

「僕が、大城先生に『氷原』を超えるベストセラーを書かせてみせます」

それは僕の中に湧き上がった本当の気持ちだった。大城先生は動きを止め、無表情なまま僕を見つめる。長すぎるほど長い間僕を見つめ……それからふいにフッと小さく笑う。

「おまえみたいな新人にそんなことを言われるとはな」

彼の言葉に、僕ははっと我に帰る。

……うわあ、もしかしてものすごく生意気なことを言ってしまったかも……?

「す、すみません。でも……つい……」

「わかった。おまえを担当にしてやる。ただし仕事を請けるかどうかは約束できない」

「そ、そんな……!」

「俺に原稿を書かせるのはおまえだ。それだけ偉そうなことを言うのだから、さぞや素晴らしいテクニックを持っているんだろうな?」

彼はコーヒーカップ越しに、僕を鋭い目で見つめてくる。僕は緊張してしまいながら、

「いえ、そんなものは全然……でもあの、熱意なら誰にも……」

「『熱意なら誰にも負けない』どの編集も口ではそう言う。実際に熱意を見せられる人間はごくわずかだが」

彼は、あっさりと僕の言葉を遮って言う。

……うわあ、どうしてこんなにイジワルなんだろう?

僕は想うけれど、ここで負けてしまったら、きっと二度と大城先生とは仕事ができないかもしれない。

そう思ったら、僕の心がズキリと激しく痛んだ。

……ずっとファンだった大城先生の本が作れるなんて、きっと二度とないチャンスだ。これを逃したら、僕は一生後悔することになる。

「僕は熱意を示させていただきます。先生に書いていただけるならなんでもやります」

僕は言うけれど『原稿のために作家と寝る編集』と言われていることを思い出して、そっと付け加える。

「ええと……人として許される範囲内でしたら」

大城先生は僕を見つめ、それから小さく笑う。

「わかった。好きにしろ」

「ありがとうございます」

僕は拳を握り締めながら、立ち上がる。

「でしたらまた、ご様子伺いに電話をさせていただいてもいいですか？」

「電話は嫌いだ。できるだけかけるな」

彼の言葉に、僕はますます焦《あせ》る。

……それって暗に連絡してくるなって言ってる？

「会社の帰り、時間がある時に寄れ。猫の相手を頼みたい」

僕はその言葉に驚いてしまう。

「いいんですか？」

「それで書くかどうかは約束できないが」

「そしたら明日、猫のご飯を持ってきます。あのメーカーのでよろしいですか？」

僕は、キッチンの床に置かれている猫のドライフードの袋が空《から》になりそうなことに気づいて言う。彼は少し驚いた顔で、

「頼む。角のドラッグストアに置いているから」

僕は、これで明日、なんとか執筆に関する話の続きができるかも、とホッとしながら彼の部屋を後にしたんだ。

大城貴彦

……なぜ、また来いなどと言ってしまったんだろう？

私はソファに座ったまま、深いため息をつく。

明日も来い、という話をした後、彼は嬉しそうに笑った。それから「鯛焼きの差し入れが！」と言って慌てて立ち上がり、「明日来ます」と言い残して風のように去って行った。

ローテーブルには、空になったコーヒーカップ。彼は「洗います」と言ったが、俺はそれを押しとどめ、彼を帰らせた。

……この気持ちは、いったいなんなのだろう？　ただ客が一人来ただけじゃないか。

半年前まで同居人がいた。さらに草田たちも飲んだ帰りにしょっちゅう寄るので、人がいることには慣れているはずだ。

……だが……。

彼を部屋に招き入れ、ドアを閉めた瞬間から、俺は自分がどこかおかしくなっていることに気づいていた。

彼が近くに来た時、ふわりと何かの香りが鼻腔をくすぐった。それは絞りたてのレモンとハチミツを混ぜたような本当にいい香りで……俺は一瞬、何もかも忘れそうになった。

……もしもあの時に何もかも忘れていたとしたら……。

俺は両手で顔を覆い、またため息をつく。

……俺はいったい、彼に何をしていたというのだろう？

さっきまで彼がいた場所のすぐ脇に、豹の模様の猫が座っている。彼に撫でられていた時の人懐こさは消え、俺を責めるような目で見つめている。

「責めるな。何もしなかっただろう？」

俺が言うと、彼は目をそらし、大きな欠伸をする。自分がいなければどうなっていたことやら、とでも言いたげな態度に、ムッとする。

「別に、彼に何かしたいわけではない。ただ……」

俺は言いかけ、猫に向かって何を言い訳しているんだ、とため息をつく。

……理性で抑え付けて何もしなかった。だが……。

そして自分の気持ちを検証し、暗澹《あんたん》たる気分になる。

……俺は、本当は、小田を抱きたいのかもしれない。

小田雪哉

メモにあったお土産と鯛焼きを手に編集部に戻った僕を、みんなの好奇の視線が迎えた。

僕はいろいろ聞かれる前に、と真っ直ぐ編集長のところに向かう。

「まだ執筆の話はできていないですが、明日も来るようにと言っていただけました」

僕の報告に、部内のメンバーからは歓声が上がる。

「よくやったな！」

「さすがは小田くん。たった一回で大城先生を骨抜きにしちゃったのね！」

からかってくるみんなの声に、僕はまた内心ため息をつく。

……やっぱりこんなことを言われるんだなあ、僕の場合は。

「しばらく、小田は澤小路先生と大城先生の仕事に集中させる。接待には連れて行かない」

高柳副編集長が、メンバーに向かって言う。

「綺麗どころの力は借りられないということだ。みんな実力で原稿を取って来いよ」

高柳副編集長の言葉に、メンバーたちは悲鳴を上げている。

僕は、飲みに行かなくていいことにかなりホッとする。

……これでやっと編集らしくなれるかもしれない！

◆

終業後。

珍しく定時で帰ることを許された僕は、大城先生のお宅に真っ直ぐに向かった。

緊張しながらチャイムを鳴らす。ドアの中から歩いてくる足音が聞こえ、すぐにドアが開く。今日の大城先生はVネックのサマーセーターに、ジーンズ。ラフな服装だけどどこか上品で、しかも逞しい肩と長い脚が強調されてめちゃくちゃ格好いい。

「こんばんは」

「ああ……入れ」

大城先生は言って、踵を返す。

彼はエントランスのドアマンにもフロントの人たちにも話を通しておいてくれたみたい。彼らは僕の顔を見ただけでにっこり笑って通してくれ、エレベーターを呼んで黙って階数を押してくれた。そういえば僕を迎える声が「お帰りなさいませ」だったのが気になる。

……僕を、どういうふうに紹介したんだろう？

彼は手を伸ばして僕が持っていたドラッグストアのビニール袋を取り、それから、

「そうだ、これを渡しておく」

言って、キーホルダーのついた鍵と何かのカードを渡してくれる。

「ええと？」

「フロントは二十四時間だが、早朝と深夜にはドアマンがいない。その時にはこのカードでエントランスを入れ。この鍵があれば、エレベーターを動かしてこの階に止めることができるし、部屋のドアも開けられる」

「あの……」

僕は手の中に落とされたそれを見下ろしながら、

「……お預かりしていいんでしょうか？」

「いい。俺が留守をするときに猫の世話を頼むかもしれないし、こうしてドアを開けてやるのも面倒だ」

「は、はい。じゃあ責任持ってお預かりします。絶対になくしたりしませんから」

僕は言って、大切に鞄の中に入れる。彼はうなずいて踵を返し、廊下をさっさと歩いていく。僕が持っていたビニール袋には、三キロもある猫の餌の袋が入っていて結構重かった。

……さっと持ってくれたりして、無愛想だけど紳士的な人なんだな。

「猫の食器はそれ。洗ってある。前の袋に計量カップが入っているのでそれで量れ。ミルク

を欲しがったときには人間が飲む牛乳ではなく猫用の山羊のミルクが冷蔵庫に入っている。ブラシやオモチャはソファの下の籠《かご》の中、シャンプーは風呂場に置きっぱなしだ」

彼は言い、キッチンにビニール袋を置く。

「ありがとうございます。……この餌すごく高級なプレミアムフードだし、ミルクも消化にいいように山羊ミルク。猫のこと考えてるんですね」

僕が感心してしまうと、彼は肩をすくめて、

「すべて前の同居人の受け売りだ。俺は猫が苦手だし」

言って僕の手から鞄を取り、リビングの方に去っていく。その横顔がちょっとだけ照れていたような気がして僕はなんだかほほえましい気持ちで彼を見送る。

彼が置いていった餌皿はたしかアレッシイ社が出しているもので、ステンレスの二つのトレイをプラスティックの猫の人形がついた土台にはめ込んであってものすごく可愛い。前にネットで見かけて素敵だと思っていたものだ。「立派な社会人になっていつかペット可のマンションに引っ越して、猫を飼いたい。そうしたらこんな可愛い餌皿を使うんだ」と心に誓ったことを思い出す。

大城先生がいる向かい側のソファには、豹柄の美しい猫が丸くなっている。彼は僕の視線を感じたように顔を上げ、耳をぴんと立ててこっちを見つめる。

「タマ。ごはんだよ」

僕が呼ぶと、タマは優雅にそこから飛び降り、僕の足元まで来る。

「ナーオ」

精悍《せいかん》な顔つきに似合わない可愛い声で鳴かれて、思わず微笑《ほほえ》んでしまう。

「よしよし。おまえほとんど鳴かないからわからなかったけど、そんな可愛い声をしてたんだな。それに呼んだらちゃんと来るなんて偉いぞ」

タマの頭をそっと撫でてやると、彼は気持ちよさそうに目を閉じて咽喉を鳴らす。

「この子、何ヶ月で、体重は何キロくらいですか？　量らないとダメかな？」

僕は、買ってきた餌の袋の裏を見ながら言う。猫の餌は猫の年齢と体重で与える量が決まってくるからだ。

「十ヶ月。キッチンの作業台の下に猫用の体重計がある。三日前はちょうど三キロ」

大城先生が、分厚い本をめくりながら答える。

「ちゃんと量ってるんですね。よしよし、おいで」

僕は彼が言った体重計を取り出す。タマは慣れた様子でその上に乗ってくれる。

「三キロジャスト。それで、十ヶ月ってこと……」

僕はほとんど空になった袋から計量カップを取り出して、袋に残っていた分を量り、さらに新しい袋を開けてそれに足し、指定の量にする。

「よし、お待たせ」

言いながらお皿にフードを入れると、タマは身軽に体重計から下り、がっつく様子もなくゆっくりとそれを食べ始める。

「おまえは本当に優雅で綺麗な猫だなあ」

僕は彼の方にそっと手を差し出しながら言う。食べている時に撫でると嫌がる子もいるから恐る恐るだったけれど、タマは嫌がらずに撫でさせてくれる。

「しかも、いい子だなあ」

そっと撫でてやるとタマはゴロゴロと咽喉を鳴らす。

「猫用の水だ」

声が聞こえて見上げると、いつの間にか大城先生が立っていた。彼は僕の脇に膝をつくと、まだ空のままになっている方のトレイにミネラルウォーターを注ぐ。よく見ると猫のマークがついているそれは、キャットフードのメーカーが出している猫専用のミネラルウォーターだった。

「うわあ、水まで猫専用ですか。すごい」

「こいつは贅沢《ぜいたく》だから冷たくないと飲まない。冷蔵庫に入っているから間違えて飲むなよ。ミネラルを調整してあるだけで人間が飲んでも害はないと思うが」

すぐ隣にいる彼から、ふわ、と芳しい香りがして僕は一瞬陶然とする。

すごく爽やかな柑橘類《かんきつるい》と、大人っぽいジンが混ざったような香り。かすかに混ざるムスクがとてもセクシーだ。動物を飼っている人らしく、強いコロンなどではない。とても微かだったからきっとシャンプーか何かだろうけど……なんだか眩暈《めまい》がするほどいい香りだ。

……どうしよう、なんだかドキドキする。

……たしかにすごくいい香りだけど、女の子じゃあるまいし、こんなにドキドキすることはないだろうに。

「さて。おまえは？」

彼がいきなり顔を上げる。至近距離から見つめられて、心臓がドクンと跳ね上がる。

「えっと、何がですか？」

「夕食は食べたかと聞いている」

「あ、いえ、まだです。終業後すぐに社を出て、直接ここにうかがったので」

「それなら来い」

彼はいきなり、僕の身体に手を回す。とても力があるみたいで、そのまま、ひょい、と立ち上がらされてしまう。

「スパニッシュ、イタリアン、チャイニーズ、エスニック、和食。……どれがいい？」

間近から見下ろされ、いきなり聞かれて僕は呆然とする。

「す、好き嫌いはありません。あなたのオススメのお店で」

「そういうことを言うと適当に連れて行くぞ。辛いものは？　魚介類で苦手なものは？」

怖い目で見下ろされて、僕は怯えてしまいながら、

「どちらも大好きですが、実は生のにんじんが苦手です」

「早く言え」

彼は言い、僕の背中に手を回してさっさと歩き出す。

「待ってください。食事なら省林社が出します。お財布が鞄に……」

「次回作の約束もしていないのに奢《おご》られるわけにはいかない。新人社会人のおまえに半額出させると思うと店選びが面倒だ」

「それならお茶を。食後のお茶は僕がご馳走《ちそう》します。省林社のお金じゃなくて自腹で」

言うと、彼は驚いたような顔をして僕を見下ろしてくる。それからチラリと微笑んで、

「わかった。それくらいなら奢られよう」

僕は慌てて彼の腕を擦《す》り抜けて鞄の中から財布を取り出し、ポケットに入れる。

「行くぞ」

お財布はポケットに入れているのか、彼は手ぶらのままさっさと歩いて玄関で靴を履く。

壁のフックにかけてあったキーをポケットに入れ、ドアを開く。慌てて靴を履き、彼の後についてエントランスに出る。散歩に出るみたいな気軽な格好が、なんだか不思議な感じだ。

……なんだか、こういうのってちょっとドキドキする。

大城貴彦

レストランに向かう途中、俺は不思議な感覚にとらわれていた。こうして財布だけをポケットに入れ、手ぶらで並んで歩くのは、まるで同棲している恋人同士が散歩をしているようだったからだ。

小田は最初は緊張した様子だったが、すぐにビルの間に見える東京タワーに驚き、通りかかったノラ猫に挨拶をし、そして猫がいかにいい動物であるかを語った。

彼の端整な横顔と、そのよく響く美しい声、そして無邪気な様子が、俺の心を強く締め上げる。

……ああ、中学生じゃあるまいし、どうしてこんなに鼓動が速くなるのだろう？

六本木ヒルズとは反対方向に商店街を抜け、大きな交差点を渡って高速道路をくぐる。その向こう側には麻布十番の閑静な住宅地が広がっている。

俺が彼のために選んだのは、麻布十番の閑静な住宅地の中にある小さなトラットリアだった。そこは高い塀に囲まれ、門の外に表札のように小さな看板があるだけ。よく知っている人間でなければここがレストランとは思わないだろう。

「わあ、お洒落ですね」

小田は感心したように言い、楽しげに周囲を見渡す。

塀の中は、黒竹や苔を多く使った美しい現代風の日本庭園になっている。ライトアップされた竹がサワサワと音を立て、夏の香りの残る初秋の風に揺れている。

「うわ、にんにくとオリーブオイルのいい香り。和食かと思ったけれど違うんですね」

「気軽なイタリアンだ。……どうぞ」

俺が彼のためにドアを開くと、彼は照れたように礼を言って中に入る。

「うわ、中もお洒落」

店内は有名な店舗デザイナーが手がけたシンプルな空間で、ヘアライン仕上げのステンレスと艶のある黒の木材、そして竹などの自然素材が美しいバランスをもって使われている。テーブルの上には蠟燭《ろうそく》が揺れ、壁一面の窓から見える日本庭園がまるで絵のようだ。

「いらっしゃいませ、大城様」

白と黒のお仕着せを着たメートル・ド・テルが歩み寄ってきて、俺と小田に笑いかける。

「二人だが、席は空いている？」

俺は店の中を見渡しながら言う。ここは味がいいことで通の間では有名な店で、週末には予約を取ることすら難しい。今もテーブル席のほとんどに予約の札が置かれている。

「この時間に来ていただいて正解でした。……どうぞ」

彼は先に立って歩き、俺と小田を窓際の景色のいい席に案内してくれる。

「適当に頼んでいいか？」

俺が聞くと、小田は慌ててうなずく。

「よろしくお願いします」

「いつものように適当に見繕《みつくろ》ってくれ。にんじんは抜きで」

「かしこまりました」

メートル・ド・テルは言って、礼をして去る。小田は照れたように微笑んで、

「すみません。にんじんを抜いてくださってありがとうございます。無理やり食べれば食べられるんですが……生のにんじんスティックとか出るときついですよね」

「『紫煙』にはそういうメニューもあったな。まさか食べさせられていた？」

「高柳副編集長が面白がって『こいつはにんじんが苦手なんです』ってすぐに言うから。面白がって先生方に食べさせられたりして。いえ、もちろん無理強《むりじ》いではないんですが」

「鬼畜な高柳がいかにもやりそうだ。本当にオモチャ扱いだな」

俺があきれて言うと、小田は苦笑して、

「いえ、まったく食べられないわけではないし、場が盛り上がるならいくらでも」

「おまえも悪い。ワガママな作家を助長させてどうする」

「すみません」

小田は恐縮したように言い、俺はため息をつく。

「高柳に言っておいてやる。そして今夜はにんじんは出ない。これでいいか？」

「ありがとうございます」

小田は顔を上げ、見とれるような可愛い顔で笑いかけてくる。

「大城先生の担当になれて本当によかったです」

その無邪気な言葉が、俺の胸をズキリと痛ませる。

「後悔しないといいな」

必要以上に皮肉な声で言ってしまうが、彼は臆した様子もなく俺を見つめてくる。

「後悔なんかしません。でも、なんだか信じられないなあ。東京に来て、編集になって、大城先生の担当になるなんて夢のまた夢だと思っていましたから」

小田が言った時、ギャルソンがアペリティフを運んできた。

「今夜のスペシャリテ、レモンチェッロとゆずのカクテルでございます」

「わあ、ありがとうございます。……いい香り」

小田はギャルソンに微笑みかけ、それから嬉しそうにグラスを手にする。

「乾杯しましょう、大城先生。乾杯のお言葉をどうぞ」

「苛《いじ》められてばかりの新人編集に」

俺が言うと、小田はその可愛らしい顔に情けない表情を浮かべる。それから思い直したように姿勢を正して、

「そんなものにではなく。僕が担当する大城先生の新作に」

言ってグラスを触れ合わせてくる。分厚いクリスタルのグラスが、チィン、と涼しい音を立てる。

「おまえは……」

「いつになってもいいんです。僕はいつまでもお待ちします」

小田は囁き、美しいレモン色の液体をそっと飲む。

「うわ、美味しい」

驚いたように言ってから、俺を真っ直ぐに見つめる。俺の視線に気づいたのか、しょげたような顔をする。

「すみません。今のは編集者ではなく、単なる一読者としての希望です」

「書ける時が来たら書く。俺に言えるのはそれだけだ」

俺が言うと、彼はパアッと顔を輝かせる。

「お願いします。楽しみにしていますから」

彼が言った時、アンティパストが運ばれてきた。

「『モッツァレラ・ディ・ブーファラ・カンパニア』でございます」

皿には薄切りにされたモッツァレラと、新鮮なルッコラのサラダが盛られている。

「長い名前でしたけど、特別なモッツァレラなんですか？」

小田が興味深げに質問し、俺はうなずく。

「イタリアではカンパニア地方のモッツァレラが最高といわれている。『モッツァレラ・ディ・ブーファラ・カンパニア』というのはそういう意味だ」

「そうなんですか。……いただきます」

彼はシルバーのカトラリーを上品に操り、白いモッツァレラを口に入れる。彼は味わうように咀嚼《そしゃく》し、ゆっくりと飲み込む。それから驚いたように言う。

「今まで食べたモッツァレラと全然違う。すごくクリーミーっていうか」

「この店は有名な農家と提携している。日本ではここでしか食べられないだろう」

「まさにナチュラルチーズって感じですね。食感がフワフワ。ケーキみたいです」

その皿が空になる頃、プリモピアットがテーブルに運ばれてきた。

「『タリアテッレ・アイ・フンギ・ポルチーニ』でございます」

「うわ……いい香り」

小田は、目の前に置かれた料理に目を輝かせる。

「フンギ・ポルチーニってイタリアのポルチーニ茸《だけ》のことですよね。ほとんど食べたことがないんですが……すっごく美味しい」

「食べられてよかった。俺のオススメだ」

「覚えておきます」

彼は嬉しそうに言って、食事に専念する。

俺が頼んだセカンド・ピアットはこの店で一番美味だと思っている『手長海老のグリエサフラン・ソース』。さらにコントルノとして『白アスパラガスの自家製マヨネーズ添え』を頼んだ。

小田は美しい盛り付けに目を輝かせ、「美味しい」を連発しながら満足げにそれを味わってくれた。

だが俺は、今夜は……なぜか料理の味が解らない。

彼の細くて白い指、楽しそうな声、そして唇。そのすべてから目が離せない。

……ああ、俺は本当にどうかしている。

◆

「この店のコーヒーはとても美味だ。外ではコーヒーが飲めない俺も、この店でなら飲むことができる」

俺が言うと、彼は感心したようにうなずき、それから言う。

「ここから先は、僕がご馳走させていただきます」

覚悟を決めたような顔に、思わず笑ってしまう。

「わかった。ご馳走になろう」

「お任せください」

小田が言った時、ドルチェと飲み物が運ばれてきた。

俺の前には甘さを抑えたシャンパンのソルベとエスプレッソ、小田の前にはマルサラ酒の香りの柔らかいプリン、ザバイオーネ。そしてカプチーノだ。

小田は嬉しそうにザバイオーネを味わい、美味しいとひとしきり悦《よろこ》び……そして今はやっと、リラックスして窓の外に見とれている。

「僕の実家、福島の田舎なんです。こっちの大学に入るために初めて東京に来た時、最初に行ったのが東京タワーでした。一人きりでドキドキしたけど楽しかったな。夜景を見下ろして、憧れの東京に来られたんだなってやっと実感しました」

彼は懐かしげに微笑み、煌めく満月と、それをバックに立つ東京タワーを見つめる。

「後で東京出身の友達に『あんなところに上るのは修学旅行生くらいだ』って聞かされて、ちょっと赤くなっちゃいましたけどね」

「そういえば、俺は一度も上ったことがないな」

「大城先生は東京のご出身ですか？　いかにも都会の人って感じですもんね」

「東京に来たのはおまえと同じで、大学に入るためだった。生まれはイタリアで、両親も兄弟もまだイタリアにいる」

「すごい。芸術家の一家だとか？」

「それならいいが、家族は無粋な経営者だ。祖父がイタリア人だった。その関係で本社がイタリアにある」

俺の言葉に、小田は目を丸くする。それからなぜかふわりと頬を染める。

「そうなんですか。さすがに、ものすごいハンサムだと思いました。背が高くてスタイルもモデルさんみたいだし……あ、てことは……」

彼は何かを思いついたように身を乗り出して、

「日本語よりもイタリア語を使っていた期間の方が長いんですか？」

「今でもイタリア語の方が得意だ。どうして日本語で小説を書くようになったのか……未だに謎《なぞ》だな」

「大城先生の日本語は本当に美しいです。そのうえイタリア語もできるなんて……本当にすごいです」

「祖母も両親も家では日本語を話した。日本の親戚から送られてくるものも多かったが、その中で一番嬉しかったのが日本語の本だった。……小さな頃からずっと日本に憧れていた」

俺は思い出して、小さく笑ってしまう。

「日本人である祖母も、イタリアで彼女に育てられた母も、今の日本ではあまり聞かれないような丁寧《ていねい》な言葉を話した。日本の旧華族だったせいかもしれない。純粋な日本人である父は、よく『今の日本でそんな丁寧な言葉が通じるんだろうか?』と笑っていた」

「そうなんですか?」

「日本に来てからいちおう通じることがわかった。さらに高柳たちの影響ですっかり乱暴になってしまったが」

「……イタリアで……? だからかなあ?」

小田は何かを考えるように呟き、一人でうなずいている。

「なんだ?」

「話す言葉は現代風ですが、大城先生のお書きになる作品は、何かこう……」

彼は言葉を探すようにしばらく黙り、それから言う。

「とても透き通っているんです。余計な不純物が入っていない。厳密に管理され、名人の手で蒸留された、最高級のお酒みたいなんです」

彼の琥珀色の瞳が、月明かりに美しく煌めいた。

「僕らはそれを口にして、その冷たさと純度に驚き、心地よく酔い、そしてあなただけの世界に堕《お》ちて行きます。あなたにしかできない魔法です」

俺は何もかも忘れそうになりながら、彼の瞳を見つめ返す。

「それはもしかしたら、遠い地で日本に焦がれ、美しい言葉だけを操ってきた……あなただからこそ書ける作品なのかもしれませんね」

俺は何も言えなくなりながら、彼の顔を見つめて動きを止める。

……彼がいれば書けるのではないかと思った。だが……。

俺は、あることに気づいて愕然としていた。

……彼を自分のものにできるまでは、俺に創作の神など下りてこない。

心の中に、とても甘い痛みが満ちてくる。

……それほどまでに強く、俺はこの青年に惹《ひ》かれてしまっているんだ。

それから僕は、毎晩のように大城先生の部屋に寄るようになった。彼は猫に餌をやると、僕を連れて食事に出る。彼が案内してくれる店は小さいけれど味のいいトラットリアや定食屋さん。忙しいし飲んでばかりで不健康だった僕は、ここに来るようになってからちょっと元気になってしまったみたいだ。

先生はとても博識で、勉強になるようなことをたくさん教えてくれる。それに本を書いたときの裏話なんかも聞かせてもらえて……熱烈なファンである僕にとってはそれは至福の時間だった。

……僕は、本当に幸せな編集者だよね。

僕は思いながら、お湯で絞った猫用タオルでタマの身体を拭いていた。

今夜の夕食は、大城先生と外で待ち合わせた。六本木ヒルズの中にある上海《シャンハイ》点心の店で、ものすごく美味しい小龍包《しょうろんぽう》とビールを楽しみ、そして部屋に戻ってきた。

……大城先生と一緒にいられて、しかも彼が書き始める瞬間を見られるかもしれない。

大城先生はリビングのソファに座り、ラップトップのコンピューターを見つめている。

これで原稿を書いてくれていればこれほど嬉しいことはないんだけど……どうやら株の取引をしているだけらしい。

……でも、それだって創作に役立つことかもしれないし。

「おまえは本当に綺麗な猫だね、タマ」

僕は、膝の上でくつろいでいるタマに話しかける。それからあることを思いついて、

「そういえば、さっき廊下にタマが出て、浴室のドアの前で鳴いていました。前はどのくらいの頻度でお風呂に入っていたんですか？　お風呂に入りたいのかな？」

「同居人がいる時には、月に一、二度、風呂に入れていたようだが」

ソファから言われた大城先生の言葉に、僕はあることを思いつく。

「けっこう頻繁に入っていたんですね。そしたら僕、トライしてみていいですか？」

「勇気があるな。好きにしろ」

彼は言ってマウスを動かし、コンピューターの電源を落とす。

「猫の餌を買ってくるのを忘れた。買って来る」

「あ、そういえば！」

立ち上がろうとする僕を、大城先生は手を上げて止める。

「おまえは猫の風呂を頼む。危険だと思ったら無理をするな」

「いえ、大丈夫だと思います」

僕は言って、タマの端整な顔を覗き込む。

「ねえ、タマ？　お風呂に入りたいだろ？」

タマは小さく鳴いて僕の鼻先を舐めてくれる。

「いいそうです。頑張ります。お風呂、お借りします」

彼はうなずき、リビングを出て行く。遠くで玄関のドアが閉まる音を確認してから、僕は腕まくりをし、タマを抱き上げる。

「さて、お風呂に入れてあげる。おとなしくしてるんだよ」

大城貴彦

「うわあっ！」

室内から聞こえてきた声に、俺は慌てて靴を脱ぎ捨てる。

「待って、ダメ！」

俺は廊下を走り、声がバスルームから聞こえてくることに気づく。彼の声は切羽詰まっていて、俺の脳裏に、タマに顔を引っかかれている小田の姿が蘇る。

「やめてってば！」

……俺でも不可能だったシャワーを任せたりしなければよかった！

「小田！」

叫びながら部屋を横切って走り、バスルームのドアを開く。脱衣所との境の曇りガラスのドアに、小田のほっそりとした後姿が映っている。

「大丈夫か？　開けるぞ！」

俺は叫んでドアをこちら側に開き、あふれ出てきたもうもうとした湯気に一瞬目を閉じる。

湯気の中から弾丸のようなものが飛び出してきて、水を撒《ま》き散らしながら全速力で廊下を遠ざかっていく。

「こら、タマ！　ちゃんと拭かなきゃダメだってばっ！」

小田は言い、私を見上げて驚いた顔をする。

「あ、先生！　騒がしくしてすみません！」

彼の髪は濡れて額に張り付き、頬は桜色に上気している。長い睫毛に水滴が煌めき……俺はふいに彼を初めて見た、あの桜の散る午後のことを思い出す。

「うわあ、しかもタマが暴れるからびしょびしょだし！」

彼がさらに頬を赤くして言い、俺は思わず彼の身体を見下ろしてしまう。

彼はネクタイを肩にかけ、袖とスラックスのすそを捲《まく》り上げた格好だった。ワイシャツはびっしょりと濡れ、白い肌が透けてしまっている。平らな胸の先端には小さな桜色の乳首が見えている。

俺の鼓動がドクンと高鳴り、そのまま鼓動が速くなる。

……なんてことだ……。

俺は、自分の中に湧き上がる激しい感情にふいに気づく。

……俺は……同性である彼に発情しているのか……？

とても色っぽい彼の姿から、どうしても目が離せない。

彼のほっそりとした肩を摑み、そのまま抱き締めてしまいたい衝動と、俺は全身全霊で戦わなくてはいけなかった。

……ああ、どうしたというんだ、俺は……？

「シャワーには慣れているみたいでおとなしくしていたんですけど、タオルで拭こうとしたらいきなり逃げてしまったんです」

俺の感情になどまったく気づいていないであろう彼は、途方に暮れた様子で猫用のタオルを見せる。それから俺の脇を通り抜けようとしながら、

「タマ！　おいで！　……リビングのドアは閉めてあるのでソファとかが濡れることはないと思いますが、まだ濡れているからそのままにしたらタマが風邪を引いてしまいます」

「そのままではおまえが風邪を引いてしまう。きちんとシャワーを浴びろ」

俺は言い、猫用のタオルを受け取る。引き出しを開いてドライヤーを取り出しながら、

「その棚にバスローブとタオルがあるから使っていい。後で着替えを貸してやる。濡れた服はそこに置いておけ。猫は俺が拭いておくから大丈夫だ」

「大丈夫ですか？」

小田が心配そうに見上げてくる。

「慣れていないとかなり暴れますよ」

「大丈夫。前の同居人がやっていたのを見ていた。コツがあるのだと思う」

「それならお任せします。すみません」

言って、彼は脱衣所に立ったまま濡れたネクタイを解く。そのまま何の躊躇《ためら》いもなくワイシャツのボタンを外す彼に、俺はやっとの思いで背を向ける。

……ああ……なんて無防備なんだ。

脱衣所を出た俺は、廊下の途中で、猫が毛づくろいをしていることに気づく。

「おまえ、前は暴れたりしていなかっただろう？　もしかして面白がっているか？」

俺が話しかけると、猫は、まあね、とでも言うようにペロリとヒゲを舐める。

「なんてやつだ。もとの飼い主にそっくりだな」

俺は廊下にしゃがみこみ、猫の頭の上からタオルをバサリと被《かぶ》せる。そのままゴシゴシと擦ってやると、猫はゴロゴロと咽喉を鳴らしておとなしく拭かれている。

「やはり、暴れたのはわざとか？　俺を悩ませるのがそんなに嬉しいか？」

俺は思い、猫にやつあたりしている自分の大人気なさにため息をつく。

バスルームの方からは、シャワーを使う水音が微かに聞こえてくる。目をそらす一瞬前に見てしまった彼のミルク色の身体を思い出し、俺の理性が霞《かす》む。

……もしも今踏み込めば、裸の彼を抱くことができる。

俺はかぶりを振ってその考えを頭から追い出し、猫を拭くことに専念する。

小田雪哉

「ああ、ワイシャツもスラックスもびしょびしょだ」

シャワーから出た僕は、水が滴《したた》るほど濡れた服を持ち上げながらため息をつく。

「あとで乾かすしかないか。スーツ、ドライヤーで乾くかな？」

シャンプーとそれを洗い流す作業ではとてもおとなしくしていたタマは、タオルで水気を拭き取ろうとしたとたんにいきなり暴れて壁を走った。僕は驚いて立ち上がり、その拍子に、お洒落《しゃれ》なデザインのシャワーコックを動かしてしまったらしい。そのせいでワイシャツもスラックスもずぶ濡れになってしまったんだ。

「……うう、こんなお手伝いすらできないなんて、情けない……」

言われたように棚からバスローブを出して着て……そしてその柔らかさにちょっとうっとりとする。

……そういえばタオルもめちゃくちゃフカフカだ。

借りたタオルで髪を拭きながら、またうっとりとため息。

……こういうのって、いかにも贅沢《ぜいたく》って感じだ。いつも部屋で使ってるタオルが、いかにゴワゴワかがよく解るよね。……って、うっとりしてる場合じゃない。

僕はスーツをざっと畳んで指定された場所に置き、バスローブを着てバスルームを出る。リビングに入ると、大城先生がタマの身体《からだ》をドライヤーで乾かしていた。熱すぎる風が当たらないように手で温度を確かめながら当てていて……その感じがすごく優しい。さっきまであんなに暴れていたタマが、すっかりおとなしくなって気持ちよさそうにあたたかな風を浴びている。

「すっかり乾きましたね。どんなコツがあるんですか？」

僕が覗《のぞ》き込むと、大城先生は驚いたように振り返る。それから、

「タオルで拭くときには頭から被《かぶ》せて拭いてやると、安心するらしい。ドライヤーは怖くないようなので熱すぎる風が当たらないように気をつけてやればいい」

「それも前の同居人の方が？」

「そうだ。乱暴なヤツだったが、タマにはとても優しかったからな」

彼の声がなんだかとても優しげに聞こえて、僕の心がなぜかズキリと痛む。

……どうしたんだろう、僕は？

僕は、不思議な気持ちに胸が熱くなるのを感じながら思う。

……この気持ちはなんなんだろう？

「ほら、できあがりだ」

大城先生が言ってドライヤーを止め、タマがその膝《ひざ》から飛び降りる。僕の剝《む》き出しの脛《すね》にするりと身体を擦《こす》り付けてくる。

「うわあ、本当にフワフワになったね」

僕が撫《な》でていると、ドアのチャイムが鳴った。大城先生が立ち上がり、

「ここには二十四時間のクリーニングサービスがあるから、それを頼む」

「えっ大丈夫です。ドライヤーで乾かせば……」

「何時間かける気だ？　いいから座っていろ」

立ち上がった僕は、自分がバスローブ姿だったことに気づく。自分は何から何までマヌケだ、と思いながらソファに座る。タマが僕の膝の上に上ってきて、僕の顔を間近に覗き込む。

「おまえの本当の飼い主ってどんな人？　綺麗《きれい》な女の人？」

僕は思わず聞いてしまい、さらに情けなくなってため息をつく。

「大城先生が一緒に住んでいたんだから、きっとそうだよね」

思わず呟《つぶや》き……そしてハッと気づく。

「……僕はただの担当編集だ。作家さんのプライバシーに踏み込んでどうするんだよ？」

僕はタマを抱き上げ、そのフワフワの身体に頰擦《ほおず》りをする。

……ああ……。

なぜか、ズキリと胸が痛む。

……どうしてこんな気持ちになるんだろう……？

「クリーニングの出来上がりは明日の朝七時だそうだ」

大城先生の声がして、僕は慌ててタマの身体を膝に下ろす。

「何から何まですみません。何か服をお借りできれば、それで帰りますから」

「泊まっていけ」

言われた言葉に、僕は驚いてしまう。

「え？　でも……」

「ここには同業者や担当、デザイナーなどいろいろな人間が泊まっていく。気にすることはない。何か不都合でも？」

チラリと見下ろされて、思わずかぶりを振ってしまう。

「いえ、あの……ご迷惑でなければ」

彼はうなずき、それから壁の時計を見る。

「もう一時過ぎている。明日は何時に出社だ？」

「あ……昼に出す校正があるので、九時には行かないと」

「それなら七時起きだな。もう寝たほうがいい。来い」

彼は言ってリビングを横切り、右手の奥にあったドアを大きく開く。

「……うわ……！」

そこは広々としたベッドルームだった。

リビングと同じ黒い床、美しい夜景を見渡せる窓。窓際には都会的な黒に塗られた籐《とう》の一人掛けのソファがあり、部屋の真ん中には細かな彫刻の施されたヘッドボードを持つ大きなキングサイズのベッドが置かれている。ベッドサイドには渋い色合いのサイドテーブルが置かれ、その上に置かれたアジア風のスタンドが部屋の中を照らしている。

「……お洒落です。まさにアジアンリゾートという感じですね」

僕はドキドキしてしまいながら言う。キングサイズのベッドも、重ねられた羽根枕も、とても魅力的だったけど……。

「あの。毛布をお借りできれば僕はリビングのソファで寝ますので……」

「ここで寝ろ。風邪を引く」

「えっ？」

彼の言葉に僕は驚いてしまう。

「泊まりに来た先生方とか、みなさんここで寝られるんですか？」

「まさか。あんなむくつけき男どもは余っている部屋で雑魚寝《ざこね》をさせる。寝袋ならあるし」

「でしたら僕も寝袋で……」

「風邪を引かれたら困る。おまえはタフなあいつらとは比べ物にならないほど弱そうだ」

「……う……」

その言葉に、彼と初めて会った時のことを思い出す。

……そういえば、あの時も『ひ弱だ』とか言われてしまったんだよね。

彼は壁一面に備え付けられた大きなクローゼットの扉を開き、中から封の開けられていない新品のパジャマと下着を出して僕に放る。僕は慌ててベッドルームに入り、それを受け取める。

「大きいかもしれないが、これを着て先に寝ていろ」

「ありがとうございます。でも、担当編集として先生をソファで寝かせるわけには……」

「俺もベッドで寝る。何か不都合が？」

威圧的な目で見られて、僕は思わずかぶりを振る。

「いえ、何も」

「それならいい……タマが出入りするからドアを十センチくらい開けておいてくれ」

彼は言って自分の分のパジャマを持ってベッドルームから出て行く。彼と入れ違いに、タマがドアのすき間から部屋の中に入ってくる。緊張してしまっていた僕は、大きく息を吐き出す。

……先生と一つのベッドに寝る？　それって編集として許されるんだろうか？

呟きながらパジャマと下着の封を切り、バスローブを脱ぐ。

……先生は黒のボクサーショーツ派なのか。さすがに格好いいな……って、何を考えてるんだよ、僕は？

自分で自分に突っ込みを入れながら下着を替え、パジャマを着る。空《から》になったビニールを持ってリビングに出て、置いてあった自分の鞄《かばん》を開ける。タマを洗う前に脱いでおいた靴下と、さっき脱いだ下着をビニールに入れ、鞄の中に突っ込む。

「僕、泊まっていいのかなあ、タマ？　しかも一つのベッドだよ？」

顔を上げて僕が聞くと、タマは、ニャア、と小さく鳴き、再びリビングに出て行ってしまう。タマの声が「いいんじゃないの？」と言ったように聞こえて、僕は一人で赤くなる。

「でも、先生をソファに寝かせるわけにはいかないし」

僕は一人で呟きながら、またベッドルームに戻る。

さっきは気づかなかったけれど、ベッドルームには微《かす》かに彼の香りが漂っていた。爽《さわ》やかな柑橘類《かんきつるい》と、ジンのような針葉樹、そしてムスク。

それを意識したら、ますます鼓動が速くなってしまう。

……どうしてだ？　嫉妬《しっと》みたいに胸が痛くなったり、彼と一緒に寝るだけでドキドキしたり。さっきからおかしすぎるぞ！

自分を叱《しか》り付け、窓際の一人掛けのソファに座ってみる。

東京の夜景は光を減らし、窓の外の東京タワーも、もう灯《あか》りを落として眠っている。

「ふわ」

静かな夜景を見渡した僕は、こっちにまで眠気が移ったようで思わず欠伸《あくび》をする。

昨夜は部屋に帰ってからほとんど寝ないで校正の続きをした。九時に出社してからは文庫用の帯の色校をチェックし、午後は会議が……。

僕はもう一度欠伸をし、先生がお風呂から上がるまで、と思って一瞬だけ目を閉じ……たつもりが、そのまま眠ってしまったんだ。

大城貴彦

「そんな顔をするな、タマ」

ミネラルウォーターの瓶《びん》を二本持ち、ベッドルームに入ろうとした俺は、リビングの隅にある猫用のベッドから見上げてくるタマの視線に気づいて言う。

「不可抗力だ。おかしな目的ではない」

タマは、本当に？　というようにピクリと耳を動かす。それから向きを変え、好きにすれば？　というように俺に背中を向けて丸くなる。

……まったく、なんて猫だ。元の飼い主にそっくりだ。

俺はため息をつき、ベッドルームのドアノブをそっとひねる。

「小田《おだ》、ミネラルウォーターを……」

言いかけて言葉を切る。ベッドはまだ空で、その代わり、小田は窓際の一人掛けのソファに座ったままで眠っていた。

耳を澄ますと、彼の安らかな寝息が、静かな夜の空気の中に微かに聞こえている。

閉じられた長い睫毛《まつげ》。微かな笑みを浮かべたような唇。

俺が貸したパジャマは、華奢《きゃしゃ》な彼にはかなり大きかった。袖《そで》とすそを折り返してはあるが、襟元から肌が見えてしまっている。

彼の柔らかそうなミルク色の肌と、美しい形の鎖骨に……鼓動がどんどん速くなる。

……もしも俺にもう少し理性がかけていたら……。

俺は、彼の無防備な寝姿を見つめながらため息をつく。

……今すぐに押し倒されて奪われているところだ。

俺はサイドテーブルにミネラルウォーターを置き、毛布とシーツをめくり上げる。そして、眠っている彼に歩み寄る。

「小田？」

耳元で囁《ささや》いてみるが、彼はとても疲れているようで安らかな寝息が返ってくるばかりだ。

俺は彼の腕の下と膝の裏に腕を差し込み、その身体をそっと抱き上げる。

彼の身体は予想よりも一回り細く、そしてふわりと軽かった。その儚《はかな》げな存在感に、胸が甘く痛む。

「……ん……」

彼が小さく呻《うめ》いて、俺の胸に顔を埋《うず》める。目を覚ますか？　と思うがそのまままた安らかな寝息を立て始める。

彼のあたたかな息が、パジャマ越しに俺の胸をくすぐっている。俺は彼を抱き上げたまま、理性を失わないように深呼吸をする。

……泊まるように、と言ったのは間違いだっただろうか？

俺は思いながら、彼の身体をベッドの上に横たえる。

……だが、彼と別れるのが名残《なごり》惜しかった。一秒でも長く、彼とともにいたかった。

ゆっくりと上下する彼の身体に、シーツと毛布をそっとかけてやる。そしてベッドの反対側に回り込み、彼からできるだけ離れた場所に横たわる。

「……ンン……」

彼は小さく呻いて、こちら側に寝返りを打つ。

彼の艶《つや》のある髪が、サラリと額に落ちかかっている。俺は我慢できなくなって手を伸ばし、彼の髪をそっと撫でてみる。

猫のような柔らかな手触りに、胸が強く痛む。

……俺はこの青年を、こんなにも愛してしまった。

何も疑っていないその無防備な姿が、俺の胸をさらに強く痛ませる。

……俺のすべてを捨ててもいいくらいに。だが……。

男にキスをされそうになり、本気で嫌がっていた時の彼の顔が、脳裏を鮮やかによぎる。

……この気持ちはきっと、一生報われないものなんだ。

小田雪哉

編集になってからずっと仕事のことばかりが気になって、なかなか眠れなかった。だけど昨夜は、不思議なほどに深く安心して眠ってしまった。

リビングから一段高くなったキッチン。リビングとは反対側にはダイニングとして使われている部屋があった。サンルームのように明るいそこには鉢に植えられた植物が茂っている。側面と脚部に彫り模様があり、天板にガラスが使われた大きなダイニングテーブルと、籐のダイニングチェアが広い部屋の真ん中に置かれている。

リビングと同じように壁の一面が窓になっていて、六本木ヒルズの森タワーが一望できる。見下ろせる通りをオフィスに向かう人たちが足早に移動していくのが解る。

僕は彼が起きる前に早起きをし、タマに餌《えさ》をやった。そして昨夜のうちに部屋の前に届けられていたスーツに着替えてマンションの外に出て商店街を歩き、石窯《いしがま》で焼き上がったばかりのパンや新鮮な卵と野菜、ドイツソーセージを買って戻ってきた。

驚いた顔で迎えてくれた彼にキッチンを借り、僕はソーセージとオムレツ、そしてサラダの簡単な朝食を作った。そして彼が淹《い》れてくれたコーヒーと冷蔵庫にあったブラッドオレンジ、そして焼きたてのとても美味《おい》しい石窯パンと一緒に味わっている。

「すみません、先生まで早起きさせてしまって。泊めていただいたお礼に、とか思ったんですけど逆にご迷惑だったかも……」

「いや」

大城《おおしろ》先生は、僕が作ったオムレツを食べながら、

「とても見事なオムレツだ。完璧な半熟じゃないか」

「それ、僕の一番の得意料理なんです。フライパンの振り方にコツがあるんです」

「人が作ってくれた朝食など久しぶりだ。とても美味しい」

僕はなんだかすごく嬉《うれ》しくなりながら、つい言ってしまう。

「いつでも作ります。いつでも言ってください」

それから、朝食を作るには泊まらなきゃいけないんだよね、と思う。

「時間のある時には泊まりに来い。宿泊代は朝食で」

彼が新聞に目を落としながら言い、僕の鼓動が速くなる。

「そうですね。楽しそう」

言うけれど、なんだか頬が熱くなる。

「泊めていただけるのなら、今度はちゃんと自分でベッドに入りますから」

「そうしてもらえると助かる。抱いても軽いが、転げ落ちそうで怖かった」

「すみません」

……僕は昨夜ソファで寝てしまって、彼が抱いて、ベッドまで運んでくれたんだよね。

「そういえば、先生の『庭園の冬』にそういうシーンがありましたね。あれは女主人公が庭のベンチで寝てしまって、彼女の想い人がサンルームのソファまで運び……」

僕は言いかけ、思わず言葉を切る。その話の女主人公はその後で想い人にキスをされていたからだ。

僕は頬が熱くなるのを感じながら、慌てて、

「先生の次回作、とても楽しみです。どんな題材なんだろう？」

思わず言ってしまい、しまった、と思いながら付け加える。

「いえ、せかしているわけじゃなくて、一読者としてつい言ってしまっただけです」

「俺にはどうやら、感動する心が欠けているらしい」

ふいに言われた彼の言葉に、僕は驚いてしまう。

「俺が制作に行き詰まっているのはそのせいもあるのかもしれない」

深刻な声に、ドキリとする。

「でも、先生がお書きにならなくなってたったの半年。どんな作家さんでもそんな時があると思うんですが……」

「俺の場合は違う。今までにこんなことなど一度もなかった。もうダメかもしれない」

「そんな……」

「まあ、ダメならダメでそれが運命だが」

ごく淡々と言われたその言葉になんだか胸が痛む。彼はデビュー当時から天才と言われてきた作家で、超ベストセラーを発刊し続けてきた人だ。

……その彼が言うのだから、もしかしたらこれは本当のことかもしれない。

◆

その夜、自分の部屋に帰った僕は、胸がズキズキするのに気づく。

一編集者としては「早く作品を出して欲しいのに、スランプに陥られたりしたら困る」という焦《あせ》りを覚えるけれど……一個人としては彼の苦しみを思うだけで心が激しく痛む。

……僕に、何かできることはないだろうか？

僕はあることを思いついて、ベッドから起き上がる。

「もしかして……ちょっとは役に立てることがあるかもしれない」

呟いてベッドを下り、デスクの上に置かれたラップトップのコンピューターを開く。インターネットにつなぎ、いろいろなものを検索し……。

◆

僕は朝までかかって、彼との会話で出てきたさまざまなキーワードについて調べた。例えばモデルになりそうな国、興味があると言った花、使えるかもしれない専門用語。

それに関するファイルを作って持って行くと、彼は驚いた顔をする。

「書けないと言っただろう？」

「原稿をせかす意味でもってきたわけじゃありません。何かのインスピレーションが湧《わ》けばと思って。今回使わなくても別の作品で使えばいいことですし」

「だから言っただろう？　俺は……」

何かを言おうとした彼の言葉を、僕は遮る。

「できないと思うと、ますますそんな気になりますから！　できないって言うの禁止！」

僕が叫ぶと、彼は驚いたように目を見開く。それからいきなり可笑《おか》しそうに笑う。

「変な編集だな。作家から襲われかけたりするし」

その言葉に、僕はギクリとする。

「笑い事じゃないです。その件では本気で悩んでいるんです。一応大城先生とはお話できてますが、ほかの先生たちは僕と真面目《まじめ》に話してはくれないし」

「澤小路《さわのこうじ》さんは？」

「ああ……そうでした。あの方もとってもいい方で、相手が僕みたいな新人でもきちんと意見を聞いてくださいます」

「おかしなことはされていないか？」

彼の言葉に僕は驚き、なんのことだろうと考える。

「おかしなことと言いますと……あ、もしかして……」

……そういえば、澤小路先生が女性に飽きて男に走り、僕をセフレにしたんじゃないかって噂《うわさ》があるらしいけど……？

「もしかして、澤小路先生と僕が、作家さんと編集を超えたおかしな関係になっているんじゃないかっていう噂……に関してですか？」

図星を突いたみたいで、大城先生は苦しげに眉《まゆ》を寄せ、僕から目をそらす。

「いや、もしもおまえたちが真剣に付き合っているのだとしたら、俺がプライベートに口を出す権利はないのだが……」

「それ、もちろん嘘《うそ》ですよ」

僕が言うと、彼は驚いたような顔をして僕を真《ま》っ直《す》ぐに見つめる。

「本当に？」

「ええ。本当に、まったくの嘘です。なんか変な言い方ですけど」

「……そうか」

彼は言って深いため息をつき、動揺を隠そうとするかのように前髪をかきあげる。

「いや、おまえのプライベートなどどうでもいい。別に気にしているわけではない」

「はいはい。わかってます。でも言わせていただければ……」

僕はソファの上で姿勢を正す。

「澤小路先生はそんなことをする方ではありません。綺麗な女性とおしゃべりするのがお好きだし、バーなどでちょっと羽目を外しがちなのでいろいろと噂を立てられますが、本当はとても紳士的な方です。……僕にも優しくしてくださっています」

言葉の最後の部分を聞いた大城先生の頬が、ピクリと引きつる。それに気づいた僕は慌てて付け加える。

「いえ、ですからもちろん変な意味ではなく、業界の先輩としていろいろと教えてくださいます。もうすぐ出る本の作業だけでなく、続編のご執筆もスムーズに進んでいます」

「そうか。それならよかった」

彼の声は本当にホッとしたように聞こえた。

……もしかして、僕のことを心配してくれていたのかな？

そう思ったら、ちょっとだけ嬉しい。そして、ちょっとだけドキドキする。

……あれ？　僕、なんでドキドキしてるんだろう？

「僕も噂を立てられがちなんです。僕の場合は仕事ができないからでしょうか？」

そう言い、それから自分の言葉に自分で落ち込んでしまう。ため息をついて、

「そうかもしれませんね。澤小路先生の原稿をいただけたのだって、ただの偶然だし」

「おまえが身体で原稿を取ってきたなんて、他社の編集はともかく、おまえに実際に会ったことのある作家は誰も本気では思っていない」

彼の言葉に、僕は驚いて目を上げる。

「おまえは子犬みたいだから、ついついからかいたくなる」

彼は真剣な顔をして、僕を見つめ返す。

「……僕、からかわれてたんですか？」

「当然だろう。しかもおまえは顔に似合わず真面目だから、なお可笑しい」

「たしかに……僕は冗談のわからないクソ真面目なヤツかもしれませんせん」

僕はため息をついて、両手で顔を覆う。

「結構本気で悩んでたんですけど。うわあ、恥ずかしいかも。気の利《き》いた受け答えができなかったこと、先生方に申し訳ないです」

「真面目なのはまったく悪いことではない。だが、気圧《けお》されてばかりでは負けるぞ」

彼の言葉に僕はハッと顔を上げる。

「プロの編集なら、作家なんぞ手のひらで転がしてみろ」

「作家さんをですか？　この僕が？」

「そうだ。容赦《ようしゃ》なくしごいてベストセラーを書かせろ。それくらいの気合で行かないと百戦錬磨《ひゃくせんれんま》の作家たちは動かせない。今のおまえは新人であることに甘えている」

彼の言葉に、僕はドキリとする。

「……たしかに僕は甘えているのかもしれません。もしも仕事の話がしたかったら、何があっても粘って仕事の話をすべきでした。編集長たちもちゃんとそうしてます」

僕は目の前に何かが開けたような気がしながら言う。

「ありがとうございます、気合で当たってみます」

◆

「小田くん、少し編集らしくなって来たんじゃない？」

印刷所との電話を切った僕は、田代《たしろ》さんに言われてハッと顔を上げる。

「本当ですか？」

「電話での交渉もちゃんとしてきたし、今日の会議の企画もよかったし」

「あ、たしかにそうかも」

尾方《おがた》さんの言葉に、僕は驚いてしまう。

「北河《きたがわ》営業部長とやりあってただろ？　なかなかできることじゃないよ」

僕はその言葉に、ちょっとだけ嬉しくなる。

「おお、小田くんじゃないの」

聞こえてきた声に、僕は慌てて振り返る。そこにはよく文壇バーで会っていたミステリー小説家の米倉《よねくら》先生がいた。

「久しぶり。最近飲みに来ないじゃない？」

銀座とホステスさんが大好きな米倉先生は、僕をよくからかっていたメンバーの一人。彼は散らかった編集部員たちの机の間を擦《す》り抜けてくる。

「米倉先生、お久しぶりです。こっちの仕事が忙しくてなかなかお邪魔《じゃま》できませんでした」

「小田くんがいないと、かなり寂しいよ。なんたって一番の綺麗どころだったし」

やってきた米倉先生に髪を撫でられて、僕は我慢しそうになり……ふと大城先生の言葉を思い出す。

「ありがとうございます。次の機会にぜひ。そういえば、米倉先生の最新刊、読ませていただきました。主人公たちが魅力的だし、素晴らしい本でした」

僕が言うと、米倉先生は笑みを消し、ちょっと真剣な顔になる。

「本当？　あのラストには賛否両論あったんだよねえ」

米倉先生が珍しく作品の話をしてくれて、僕は思わず身を乗り出す。

「でもあのラストでないと、キーワードが光ってきません」

「そうそう、そうなんだよねえ。僕としては気に入ってるんだけど」

「僕もあのほうがいいと思いました。主人公の心情がよくわかります」

「そうそうそう！　小田くん、それを狙ったんだよね！　なかなか鋭いよ」

米倉先生は言って、さっきとは違う親しげな手つきでの僕の背中を叩《たた》いてくれる。

「ありがとうございます」

僕はあることを思い出して、

「米倉先生の次の新作、楽しみにしております。シンガポールが舞台でしたよね」

「そうそう、だけどなかなか資料が集まらなくて……お、なんだこれ？」

彼は僕のデスクに開いて置いてあった、海外のホテルの部屋の写真を集めたファイルを見下ろしてくる。

「へぇ、便利じゃないか。ラッフルズホテルは……ああ、このバーの資料が欲しかったんだ」

立ち読みしそうな勢いの彼に、僕は言う。

「カラーコピーをして後でお渡しします。打ち合わせはこれからですよね」

「そうそう。……あれ？　なんだ気が利くじゃないか、小田くん」

米倉先生が楽しそうに言う。

「ちょっとは編集らしくなってきたんじゃない？」

……もちろんまだまだヒヨっ子だけど。これも大城先生のおかげかも。

「……以上が、今日の資料です」

小田が、ローテーブルに資料を積み上げて言う。

「先生、少しだけ気分転換をしませんか？」

「あ？」

俺が不審に思いながら睨《にら》むと、小田はビクリと身体を震わせる。だが何か覚悟を決めたような顔で見返してきて、

「一緒にホテルに行きましょう」

「ああっ？」

俺は今度こそ本気で驚いてしまう。一瞬、小田が作家と寝ているのではという噂が頭をよぎるが、慌ててそれを打ち消す。

……小田はそんなことはしていないはずだ。それに俺に怯《おび》えている彼がそんなことを言い出すわけがない。

自分に言い聞かせるが、なぜか鼓動が速くなっていることに気づく。

……何を動揺しているんだ、俺は？

「……っていうか、あの……いえ、やっぱり騙《だま》して連れて行くのは気が引けます！」

小田はいきなりぺこりと頭を下げて、

「僕と一緒に、これからグランド・ハイアット・ホテルに行ってください！　でないと僕、副編集長からめちゃくちゃに苛《いじ》められます！」

「はあ？」

俺はその言葉が理解できずに少し考える。それからあることを思い出して脱力する。

「もしかして……省林社《しょうりんしゃ》の謝恩パーティーは今日か？」

「そうです。お忘れかと思っていましたが、やっぱりお忘れだったんですね。出欠のハガキも届いてなかったし……」

小田は少し脱力した顔で言う。俺は肩をすくめて、

「最初から行く気がなかった。なので捨てた」

「副編集長もそう言ってました。きっと封も切らずに封筒ごと捨ててるだろうって」

「だから騙して連れて来いって？」

「あはは」

小田は力なく笑い、それから再び頭を下げる。

「お願いします！　大城先生に一度でいいからお会いしたいって言ってる先生方がたくさんいて！　あと社長や編集部員、それに営業の人間たちもすごく会いたがっていて！」

「だから挨拶《あいさつ》に来いと？」

俺が言うと小田は慌てたように頭を上げる。

「そうじゃなくて！　あの……」

「なんなんだ？　言ってみろ」

「ええと……」

小田は少し考え、それから覚悟を決めたような顔で俺を見返してくる。

「先生の本にはよくパーティーがでてきますが、いつかは『ホテルでの大規模なパーティー』の場面も出てくるかもしれません。その取材になると思うんです」

「え？」

さっきまでおどおどしていた小田の目が、急に強い光を浮かべる。

「大城先生は普段から高級ホテルのレストランとかに行き慣れていますよね。だからホテルの内装とかは見慣れていると思うんです。でも副編集長から、大城先生は出版社の謝恩パーティーには一度も来たことがないって聞きました。他社のパーティーにも出ないって。……披露宴とかの小規模なものはともかく、大規模なパーティーって未経験ですよね？」

小田は身を乗り出して言う。

「だから取材です。一度は出てみないと雰囲気とかつかめないと思います。想像でもいいのですがやはり経験したことは生き生きとすると思うんです。海外などの時間のかかる取材はままならない場合もありますが、今回はそうじゃありませんし」

普段はかすれたような声を出す小田が、不思議なほど強い口調で話している。

「ほんの少しでいいですから、気分転換もかねて出かけてみませんか？」

……いつもの小田とは別人のようだ。これも進歩なのだろうか？

俺は、嬉しいような少しだけ寂しいような複雑な気分で小田を見つめる。

「そういえばスーツは代わり映えしないが、見たことのないネクタイをしているな。それがおまえの正装か」

「うっ」

小田はネクタイを押さえて呻く。頬を赤くしながら、

「スーツは三着しか持ってないんです。まだ新人なので安月給ですし、普段の出社の時にはスーツ着用じゃなくていいんで」

「ここに来る時には、いつもスーツを着ているじゃないか」

「はい。いちおう作家さんとお会いする時にはスーツを着るようにしています。失礼のないように」

「ここのところ毎日ここに来ているが？」

その言葉に彼はますます赤くなって言う。

「いちおうちゃんとクリーニングには出しているんですが。ヘビーローテーションなのでちょっとくたびれてきてて」

自分のスーツを見下ろして悲しげにため息をつく。

「安物を着ているからだ。いいスーツを着ればそんなふうにはならない」

俺が言うとさらに苦しげに呻く。

「それは僕も憧《あこが》れますが……」

「パーティーは何時からだ？」

「開場は六時、開宴は六時半ですが……」

「それなら行くぞ」

「どこへですか？」

「少しは見栄えがするようにしてやる。……来い」

小田は戸惑った顔をしながらも、うなずく。

「わかりました。……パーティーに、一緒に行ってくださるなら」

……本当に逞《たくま》しくなってきたな……。

小田雪哉

「うわ、オーダースーツのお店ですか」

六本木ヒルズの近くにあるビル。その二階に、そのお店はあった。

「さすが、いつもものすごく格好いいスーツを着ていらっしゃると思いました」

店内はあまり広くなく、いくつかのボディがサンプルを着ているだけ。そしてソファに座った僕らの周囲を取り囲むのは、イタリア国旗のマークがつけられた大量の布地たち。

「お待たせいたしました」

いかにもこだわりの職人って感じの矍鑠《かくしゃく》とした白髪の店主が、ハンガーにかかった何着かのスーツを手にして奥から出てくる。

「無事に出来上がっておりますよ。ご試着をどうぞ」

にこやかに言って一着を大城先生に渡す。大城先生は立ち上がり、それを受け取って試着室に消えた。

「それから、これはあなたの分です。ご試着を」

「え？」

意外な言葉に僕は呆然《ぼうぜん》とする。

「いえ、僕はオーダーとかしていませんので、人違いでは……？」

「大城様から、あなたに合いそうなスーツを探すようにと言い付かりました。だいたいのサイズはこれで大丈夫でしょう」

差し出されて、僕は呆然としながらそれを受け取る。フワリと柔らかい触り心地はきっとカシミアか何かだろう。

「僕なんかが着ていいんでしょうか？」

思わず言うと、店主はにっこり笑って、

「ともかくご試着を」

「わ、わかりました」

僕は大城先生の隣の試着室に入り、そのスーツに着替えた。中には鏡がなかったので恐る恐る外に出て……立っていた大城先生を見てドキリとする。

彼はチャコールグレイの新しいスーツに身を包んでいた。

しっかりと張った逞しい肩。厚い胸、少しの緩みもなく引き締まったウエスト。高い位置の腰と、見とれるような脚。

彼の端麗な美貌《びぼう》と、完璧な仕立てのスーツは、本当によく合っていて……。

「すごい、格好いいですね」

思わず言ってしまう、彼が振り返って驚いた顔をしたことに気づいて赤くなる。

「いえ、いちおう着てみただけですから」

僕は後退《あとずさ》りしながら言う。

「僕みたいな若造がこんな素敵なスーツが似合うわけがありません。すぐに着替え……」

踵《きびす》を返そうとした僕は、彼に腕を摑《つか》まれる。

「鏡を見てみろ」

彼は言い、僕の腕を引き寄せる。両肩を両手で包み、鏡の前に立たせる。

「これが似合わないって？」

彼が言い、鏡越しに僕を見つめる。

「……あ……っ」

自分と、そして彼の姿を見ながら、僕はなぜか動けなくなる。

僕が着ていたのは、栗色がかった柔らかな色のスーツだった。肩がしっかりとしてウエストがぴったりと細いデザインのおかげで、情けない僕の体形は完璧にカバーされ、自分で言うのも可笑しいけれど……なんだかすごく素敵だ。

「とても似合っている。そうだろう？」

彼の囁きが、僕の髪をあたたかく揺らす。

僕は鏡に映る彼の美貌とその逞しいスタイルを見て、鼓動が速くなるのを感じる。そして少し怯えたような顔で頰を染めている僕は……なんだか妙に色っぽく見える。

……いや、男の僕が色っぽいわけがないんだけど……。

「困ったな」

彼がなぜか小さなため息をつく。僕は慌てて、

「もちろん、これを買ってくれなんていいません。だから別に……」

「もう買うことに決めた。そうではなくて……」

彼は鏡越しに僕を見つめながら囁いてくる。

「仕立てのいいスーツを着せると、驚くほど綺麗だ」

「……えっ」

彼の言葉が信じられずに見上げる僕に、彼はこれ以上ないほど真剣な顔で言う。

「これではパーティーで狼どもに狙《ねら》われてしまうかもしれない」

彼の言葉に、頰がカアッと熱くなる。

……ああ、本当にどうしちゃったんだ、僕は？

◆

……うわあ、なんだかめちゃくちゃドキドキする。

僕は大城先生と並んで会場を歩きながら、妙に緊張してしまっていた。

大城先生が連れて行ってくれたテイラーで、僕はそこでとても仕立てのいいスーツを見立ててもらった。さらにくたびれたワイシャツと、一応とっておきだけどやっぱり冴えないネクタイの替わりにすごく素敵なものを、選んでもらった。

今の僕はブラウンの細身のスーツと白のワイシャツ、オレンジ系のネクタイをしている。それを着た時、鏡の中の僕は信じられないけどすごく上品に見え……なんだか着ているだけで別人になってしまったような気分だ。

……うかれないでちゃんと先生方に挨拶をしなきゃいけないのに。

隣を歩く大城先生はチャコールグレイのピンストライプのスーツに、白のワイシャツ、エメラルドグリーンのネクタイを締めている。どこか欧州の香りがするような彫りの深い美形である彼がこんな格好をすると……本当に見とれるほど格好いい。

「そういえば、俺にばかり張り付いているが……澤小路氏はどうした？　いちおう正式な担当なんだろう？」

大城先生の言葉に、僕はハッと我に帰る。

「あ、はい。澤小路先生は久しぶりに銀座に寄ってからいらっしゃるみたいです。編集長がぴったりついて接待しています。澤小路先生の接待は心配するなって言ってました」

「おまえは俺を引っ張り出すのが役目だと？」

図星を指されて僕は思わず赤くなる。

「ええ、まあ、そんな感じで……あっ、もういらしている」

僕は人ごみの間に澤小路先生がいるのを見つける。澤小路先生は太田《おおた》編集長と一緒で、さらに文壇バーのママやホステスさんたちに取り囲まれている。ホステスさんたちは銀座で見るのとは別人のようにはしゃぎ、嬉しそうに澤小路先生と盛り上がっていて、周囲の作家さんたちから羨望《せんぼう》のまなざしで見られている。……もしかしてこういう光景が、『澤小路先生は女好きの遊び人』っていう誤解を生んでいるのかもしれない。

……澤小路先生って頑固そうに見えるけど実は紳士的だし、真面目な顔をして急に面白いことを言ったりする。ホステスさんたちから見れば、お客様というよりは、実家のお父さんとかお祖父《じい》ちゃんとかそんなイメージなのかもしれないなあ。

「澤小路先生にもご挨拶をしなくちゃ。少しいいですか？」

「ああ。俺も久しぶりに挨拶をしなくては」

「え？　意外です。大城先生と澤小路先生って面識がおありなんですか？」

僕の言葉に彼はあきれたように眉を上げる。

「つながっていそうな作家のネットワークは頭に入れておいたほうがいい。澤小路先生が選考委員をしている日本文学賞で大賞を取ったことがある。祝賀会と打ち上げでご一緒した」

「あ、そういえば！」

大城先生はかなりの数の賞を取っているからぴんと来なかったけれど、確かにそうだ。

「とても狭い世界だから、たいがいの作家は横で繋《つな》がっている。だがその中でも太いネットワークと、敵対する集団がいる。パーティーはそれを知るいい機会だ」

大城先生は言いながら、器用に人をよけて進んで行く。

「た、たしかにそんなイメージですが……作家さん同士に、本当にそんなつながりがあるんでしょうか？　女性作家さんだけじゃなくて？」

「俺は関係ないと思っているが、男女問わず、そういうことを気にする作家は気にするだろう。間違えて親友の作品を批判してしまったり、敵対する作家を褒めたりして大変な地雷を踏んだという話をよく聞く」

「そう、なんですか？　うわ」

グラスののったトレイを掲げたウエイターさんとぶつかりそうになり、僕は慌ててよける。その拍子によろけた僕の腕を、大城先生がしっかりと摑む。

「大丈夫か？」

見下ろしてくる端麗な美貌。黒曜石みたいな漆黒の瞳《ひとみ》に見つめられて、なぜだか鼓動が速くなる。

「だ、大丈夫です。あっ、すみません！」

ごった返した会場。通りすがりの作家さんにぶつかられて、僕はまたよろける。

「本当に危なっかしい担当だな」

彼は言い、僕の肩を引き寄せて人の間をすり抜ける。

……うわ、どうしよう……？

僕は頬が熱くなるのを感じながら思う。

……めちゃくちゃドキドキする……。

省林社は文芸書だけではなく、児童文学からハウツー本まで出している会社だ。だから招待される作家さんやイラストレーターさんの数も半端ではなく……だから僕の顔を知っている人はごくごく僅《わず》かだろう。でも、いちおう僕はホスト側である編集だ。

……だから、本当はお礼を言ってさりげなく離れなくちゃいけないんだろう。でも……。

逞しい彼の腕に肩を抱かれ、その体温を感じながら歩いていると……なんだか不思議なほど心地いい。

……どうしよう？　どうしても振りほどけない。

頬を熱くしている間に、太田編集長がこっちに気づいてくれる。

「大城先生！　ようこそいらっしゃいました！」

編集長が嬉しそうに言って大城先生に笑いかけ、それから僕に、よくやったな、というようにうなずいてくれる。編集長は横にいる澤小路先生に視線を移して言う。

「澤小路先生と大城先生は、日本文学賞の授賞式でご面識がありますよね？」

編集長の口からナチュラルに出た言葉に、僕は驚いてしまう。

……やっぱり編集長、さすがだ……！

「ああ。あの時はなかなか楽しかったぞ、大城くん。私と文学論を交わすことのできる若者はそうそういないからな」

澤小路先生がにこやかに言い、大城先生が礼儀正しく言う。

「こちらこそとても楽しかったです。……そしてご無沙汰《ぶさた》してしまって申し訳ありません、澤小路先生。お元気そうで何よりです」

「いやいや、君も忙しいだろうしな。季節ごとに手紙やはがきをくれるから、君とは久しぶりという感じがしないよ。添えてくれる季節の挨拶もなかなか小洒落ているしな」

澤小路先生の言葉に僕はちょっと驚いてしまう。

……大城先生って口が悪いし、そのせいかちょっと無礼な一匹狼のイメージがあるけれど、意外にきっちりした人なんだな。

「小田くん、ちゃんと大城くんのエスコートができてるか？　ああ……」

澤小路先生は、僕の肩を支えている大城先生の手に気づいて苦笑する。

「どうやら逆にエスコートされているらしいな。君は意外にそそっかしいから」

「あ、いえ、これは……」

「ことあるごとによろけるので、危なくて仕方ありません」

「ああ。わかる。小田くんは意外にボケているからなあ」

大城先生の言葉に、澤小路先生が楽しそうに笑う。僕は思わず赤くなりながら思う。

……この二人、なんだか妙に気が合ってるみたい。

「おお、デザートが出たぞ」

甘党の澤小路先生が、ビュッフェテーブルを見ながら嬉しそうに言う。

「大城くんは辛党だったな。……小田くん、どうだ？」

彼の言葉に僕は苦笑して言う。

「僕は接待する側ですから。先生、どうぞ」

「それなら失礼するよ」

澤小路先生は編集長と一緒に嬉しそうに去っていく。

「あれ、大城？」

後ろから聞こえた声に、大城先生が眉を寄せる。そして振り返ってため息をつく。

「おまえらも来ていたのか」

振り返ると、そこに立っていたのはかなり驚いてしまうような錚々《そうそう》たるメンバーだった。

全員が超売れっ子さんで雑誌のインタビューなどで見ているから、もちろん顔を知っている。

……うわあ、すごい……！

黒のシャツと革パンツのやんちゃそうな美青年は、新進気鋭のミステリー作家、紅井《くれない》悠《ゆう》一《いち》先生。ブラウンのソフトスーツを着て、銀縁眼鏡《めがね》をかけた優しそうな男性は、検死官物の大ベストセラーを出している押野充《おしのみつる》先生。そして大柄な身体をモスグリーンのシャツと迷彩色のパンツに包んだ男性は、壮大な歴史ロマンで有名な草田克一《そうだかついち》先生。

……どうしよう？　ドキドキする！

……いや、ドキドキしている場合じゃなくて！

「うわ、彼がもしかして？」

紅井先生が言って僕をしみじみと見つめる。

「なるほどね。たしかに綺麗かも」

その言葉に僕は首を傾ける。

「なかなか来ないと思ったら、二人揃ってめかしこんでくるとはな」

後ろから聞こえた声に僕は慌てて振り返る。

そこに立っていたのはいつものようにびしっとイタリアンスーツで決めた高柳《たかやなぎ》副編集長と、そして……見とれるほど綺麗な男性だった。

スタンドカラーの白のシャツと、黒のスラックス。シンプルな格好が彼のしなやかなスタイルを強調していてとても素敵だ。艶のある黒い髪と漆黒の瞳、真珠色の肌。まさに『美人』という言葉が似合いそう。

「もしかして小田は初めてだったかな？」

高柳副編集長が、彼を示しながら言う。

「装丁デザイナーの羽田燿司《はねだようじ》さん」

その言葉に僕は驚いてしまう。彼は出版業界では名の知られた装丁デザイナーで、大城先生の本のほとんどの装丁を彼がデザインしていたはずだ。

「初めまして、小田です。お仕事はいつも拝見しております」

「羽田です、よろしく」

僕と名刺を交換した彼は、僕の後ろに立っていた大城先生に目を移し、なんだか懐かしそうな声で言う。

「ティリウス・アウグストゥスは元気にしてる？」

……もしかして……。

その言葉に、僕はドキリとする。

……タマの本名？

最初に猫の名前を聞いた時、大城先生は「元の同居人は血統書の名前で呼んでいたが難しいので忘れた。『タマ』でいい」と言ってた。

……羽田さんはそれだけ詳しいってこと？　それとも……？

呆然とする僕を見下ろして、羽田さんが笑う。

「ああ、僕と彼は半年前まで同居してたんだよ。僕に恋人が出来て出ちゃったんだけど」

彼は声をひそめて僕の耳に言葉を吹き込む。

「もしかして、今は君が恋人？」

その言葉に、僕はなぜだかものすごい衝撃を受ける。そして思わず大城先生と羽田さんを見比べてしまう。

背が高くてハンサムな大城先生と、すらりとして端麗な顔をした羽田さんは、やたらとお似合いに見える。

……もしかして……。

僕は、楽しげに話す羽田さんと、不機嫌な顔をしながらもきちんとあいづちを打っている大城先生を見ながら思う。

……二人は、もしかして恋人同士だったんだろうか？

そう思い始めたら、なんだかそうとしか思えなくなる。

……でも、半年前に、羽田さんに恋人ができて……？

僕はそこでハッとする。

……半年前といったら、大城先生が書けなくなった時期じゃないか。もしかして、羽田先生に振られたショックで大城先生は書けなくなってしまった？

なぜだか、全身から血の気《け》が引くような気がする。

……大城先生は未《いま》だに羽田さんのことを愛しているとか？

僕の胸がなぜだかズキリと痛む。

あの居心地のいいお洒落な空間に、羽田さんは本当によく似合うだろう。羽田さんは優しそうだから、タマだってきっとよく懐いていたはずだ。

グラスを握っている、彼の白い指。それがタマを撫でているところが目に浮かび、なぜだか居たたまれない気持ちになる。

「すみません、僕、ちょっと挨拶があるので失礼します」

僕は言って羽田さんに頭を下げ、その場を慌てて離れる。

……ああ、何をやってるんだ、僕は？

人ごみを縫い、声をかけてくれた先生方に挨拶を返しながら、僕は会場を歩きぬける。

……編集なんだから、ちゃんとホスト役を務めなくちゃいけないのに！

……ああ、どうしてこんなにショックを受けているんだろう？

◆

その日から僕は呆然としてしまって、仕事でもミスを連発していた。

「小田くん、印刷所から色校届いてるよ。これ、急ぎでしょ？　ボーッとしない！」

届いた宅配便を整理していた田代さんの声に、僕は慌てて立ち上がる。

「すみません。ありがとうございます」

封筒を受け取った僕は、自分の席に戻ってその封を切る。中から出てきたのは、カラーで印刷された表紙カバー。それは印刷所から届いた色校正で、僕らはそれを見て色の出方が正しいかや印刷された文字にミスがないかを確認する。

これは疋田《ひきた》先生の新作用の表紙カバーの色校なんだけど、今回は疋田先生の推薦でいつもとは違うデザイン事務所にお願いした。だけど慣れていないせいかなかなか上がらず、しかも何度指定してもミスがあったりしてちょっと大変だった。だいたいは一回の校正でチェックが終わるんだけど、今回のこれは第四校。これで上がらなきゃ発刊が遅れてしまうというギリギリまでかかってしまった。

……あれだけお願いして、あれだけチェックしたんだから、ちゃんと直っているよね？

僕はドキドキしながら封を開き、色校正を取り出す。何度お願いしても指定と色味が違ってしまっていた数箇所をチェックし、ホッとため息をつく。

……なんとか直った。

色校正は編集がチェックした後で作家さん（イラストの場合はイラストレーターさんにも）に送り、チェックをお願いする。ほとんどが軽いチェックだけでオッケーになるんだけど……疋田先生は趣味で絵を描くみたいで、色味にはかなりうるさい。今回も「これでは絶んだけど。

対にダメだ」を繰り返していた。バランスが悪かったから僕ももちろんダメだと思っていた

「小田、なんとかなったか？」

高柳副編集長が、僕に声をかけてくる。

「今日中にオッケーが出ないともう無理だぞ」

太田編集長も、苦笑しながら言ってくる。

「珍しくギリギリまで引っ張りましたねえ。見せてください」

「すみませんでした！　今回はやっと……」

僕は色校正を持って立ち上がろうとし、そしてとんでもないことに気づいてそのまま凍りつく。

……嘘……だろ……？

「どうかしましたか、小田くん？」

太田編集長が心配そうに言う。僕はある一点を見つめたまま、動けない。

……どうしよう……？

「どうしました、小田くん？」

すぐ後ろから太田編集長の声がして、僕の手から色校正が取り上げられる。彼はそれを眺めて、

「とりあえず、もめていた箇所は直りましたね。何をいったい……」

言いかけて言葉を切り、眉をきつく寄せる。

「……なんなんですか、このミスは？」

本の表紙にはギリシャ彫刻の写真があり、そこにタイトルである『古代の月』というタイトルと『疋田吉春《よしはる》』の名前が金で印刷されている。そしてペンネームの上には細い筆記体で『YOSHIHARU HIKITA』という文字が書かれるはずだった。華奢な書体でかなり解りづらいけれど……。

「『YUSHIHARU HIKITA』になっている」

太田編集長は、僕を厳しい顔で見据えて、

「作品を書いてくださった作家さんの名前の読み方を間違えるなんて、絶対に許されないミスですよ。わかっていますか？」

その言葉に、僕の全身から血の気が引いていく。

「……どう、しましょう？　発売延期、ですか……？」

「発売に関してはこれから手配します。疋田先生にすぐに電話をして状況説明と謝罪を」

「わかりました」

受話器をとった僕の手が、微かに震えている。僕は疋田先生の本当の担当ではないけれど、産休に入っている社員の代わりを務めていたから全責任は僕にある。

……疋田先生と、そして産休に入っている担当が全力で作り上げた作品。なのに僕がこんな失敗をしてしまうなんて……。

……なんてことをしちゃったんだろう？

僕は震える指でボタンを操作し、疋田先生の携帯電話につなぐ。

……僕が、ちゃんとチェックしなかったから！

疋田先生は今他社の修羅場《しゅらば》でホテルにカンヅメになっているはずだ。そこを邪魔することと、今回のことで、二重に申し訳ない気持ちだ。全身から、血の気が引いていくのが解る。

『もしもし？』

「お世話になっております、省林社の小田です。今、よろしいですか？」

『ああ、仕事中なんだけど……何？』

「申し訳ございません！」

僕は立ち上がり、その場で深くお辞儀をしてしまう。

『なんだよ、どうしたの？』

疋田先生が鼻白んだように言う。僕は声が震えてしまうのを感じながら、

「今日アップ予定だった色校正に……重大なミスが見つかってしまいました」

『……はあ？』

疋田先生の声が、怒ったように高くなる。

『デザイン事務所のほうから聞いてるよ。さんざんもめて、結局最終の〆切《しめきり》だったんだよね？　それが、さらにミス？』

「申し訳ありません！」

僕はもう一度言い、それから詳しい事情を説明しなきゃ、と思う。

「ご指摘いただいていた部分の修正はうまくいったんです。でも、こんな段階になって誤植が見つかってしまいました」

『誤植ぅ？　いったいどこに？』

「先生のペンネームのローマ字が『YOSHIHARU HIKITA』と書かれるはずが『YUSHI-HARU HIKITA』になってしまっていました」

『なんだよ、それ？』

疋田先生の声が、激しい怒りに満ちてくるのが解る。

『ペンネームは作家の看板だよ。そんな誤植を見逃していたなんて！』

「申し訳ありません！」

『それって、作家としての僕をバカにしているということだよな、小田くん？』

受話器の向こうから聞こえる疋田先生の声に、僕は全身が震えてくるのを感じていた。

「違います。そうではなくて……」

『君は澤小路先生や大城先生に夢中だからな！　私のことなどどうでもいいんだろう？　だ

からそんなミスを犯すんだ！』

「そんな……」

『ともかく電話では話にならない！　すぐに謝罪に来い！』

芝田先生の声はほかのメンバーにも聞こえていたらしい。僕が目を上げると、編集長が、こちらの処理は任せろ、という顔でうなずいてくれる。

「わかりました。すぐにうかがいます。今、カンヅメになっていらっしゃるんですよね？」

『そうだ、六本木のグランドパレスの最上階のスウィートにいる！　必ず一人で来い！』

彼は怒鳴《どな》り、僕の返事を聞かないままに電話を切ってしまう。その怒声が聞こえていたのか、部内はシンと静まり返っていた。僕は呆然と立ち尽くし、それから太田編集長と高柳副編集長を振り返る。

「印刷所との交渉は私たちがやっておく」

太田編集長が厳しい顔で言う。

「君はともかく、先生に誠心誠意お詫《わ》びをしなさい。芝田先生はカンヅメだったね？」

「グランドパレスの最上階のスウィート、だそうです。すぐに謝りに行きます」

「行って来なさい」

編集長の声に僕はうなずき、鞄と上着を摑んで編集部を飛び出した。

◆

僕は真っ青になりながら、彼の泊まっているホテルに駆けつけた。廊下を全速で走り、部屋の前で立ち止まる。気絶しそうに緊張しながら、チャイムを押そうとして……。

そのタイミングを待っていたかのようにいきなりドアが内側から開いた。

「……疋田先生……あの……」

「さっさと入れ」

彼は言って僕の腕を摑み、グイッと強く引き寄せる。そのまま部屋に引き入れられ、僕の背後でドアが閉まる。

「疋田先生、本当に申し訳ありませんでした。今、編集長と副編集長が、印刷所との交渉に入っています。それ次第では発売は延期にならずに……」

「そんなことはどうでもいいんだよ」

低い声で遮られて、僕は驚いてしまう。

「……え？」

「おまえはともかく、私にお詫びをする必要がある。そうだろう？」

彼は言い、いきなり僕の身体を抱き上げる。

「え？　うわっ！」

そのまま強引に運ばれ、リビングのソファに押し倒されて……僕は呆然とする。

「ひ……疋田先生？」

彼は僕の両肩を押さえつけ、血走った目で僕を見下ろしてくる。

「原稿を取るためなら作家に抱かれるんだろう？　それならお詫びとして身体を差し出すくらい、なんでもないはずだ」

「……え？」

その言葉に、僕はさらに青ざめる。

「お詫びとして抱かせてもらう。文句はないだろう？」

「ちょっと待ってください……ああっ！」

両肩を摑んだまま、彼の唇が下りてくる。ヌルヌルとした舌が僕の首筋を這《は》い回り……まるでナメクジか何かに這われているかのように気持ちが悪い。

「待ってください、疋田先生！」

彼は本気で僕を襲おうとしてきて、僕は必死で抵抗する。

「このお詫びは仕事でお返しします！　これから動けばもしかしたら発刊に間に合うかもしれませんし……！」

「だから発刊日など、どうでもいいと言ってるだろう？」

疋田先生は本気で僕の上にのしかかりながら言う。

「君の身体がいただけるのならね」

その時、僕の脳裏には大城先生の顔が浮かんでしまった。

彼の顔を思い出すだけでなぜか切なくなる。彼には忘れられない人がいるのはわかってる、でも……。

疋田先生の顔が迫ってきて、僕の唇を奪おうとする。僕は必死でかぶりを振って疋田先生のキスを避けながら思う。

……彼以外の男に抱かれるのはいやだ！

「大城先生、助けて！」

思わず叫んでしまう僕のワイシャツを、疋田先生の手が引き裂いた。

「大城はすべてを持っている。容姿、才能、カリスマ性。なのにさらに君まで手に入れたなんて……絶対に許さない！」

彼がそう叫んで僕のスラックスのボタンとファスナーを開き、引き下ろしてしまう。

……ああ、もうダメかもしれない……！

そう思った時、部屋のチャイムが鳴った。

「ルームサービスです！」

「頼んでいないぞ！」

疋田先生は叫ぶけれど、部屋が広くて聞こえないらしく、ドアが叩かれる音が続く。疋田先生は舌打ちをしてネクタイで僕の両手首をベッドのヘッドボードを縛りつける。

「顔を出すなよ」

と言い捨ててベッドルームを出て行く。僕はなんとか逃げようと暴れ……ドアの向こうで何かもめている音がするのに気づいてハッとする。

ベッドルームのドアが開き、入ってきたのは副編集長と羽田さん、そして……大城先生だった。

リビングの絨毯《じゅうたん》の上に、編集部員たちに押さえつけられた疋田先生がいるのが見える。

「……どうしてここが？」

大城先生は部屋を横切って入ってきて、縛られていたネクタイを解《ほど》いて僕の両手首を解放してくれる。

「金に困ったデザイナーが『疋田から多額の金をもらってわざとミスを連発している』と言いふらしているという情報を羽田から聞いた。『目をつけた編集を陥れるためだ』と言っていたことも。俺はまさかと思いながらもそのデザイナーを問い詰めた。そして疋田のターゲットがおまえだということを白状させた」

その言葉に、僕は驚いてしまう。大城先生は苦しげな顔で、

「俺はすぐに編集長に連絡をした。そしておまえが呼び出されたと聞いて、疋田のカンヅメになっているホテルを教わってここに来た。まさかこんなことに……」

「あっ」

僕は自分が下着姿になっていることに気づき、真っ赤になってシーツを引き寄せる。

……どうして大城先生にだけはこんな反応をしちゃうんだろう？

「身体で仕事をとって来いなんていうのは最初から冗談だからな。肝を冷やしたよ」

入ってきた編集部員たちがそう口々に言ってくれる。羽田さんが僕を見下ろして、

「あ、言い忘れたけど……僕と大城は従兄弟《いとこ》同士。変な関係じゃないから心配しないでね。僕には最愛のダーリンがいるし」

羽田さんが言い、なぜか高柳副編集長がギクリとしている。

……まさかこの二人？

「じゃあ……大城先生がスランプになったのは……」

「まさか僕が原因だと思ってた？　もしかして、僕にほかの男ができて失恋したせいで書けなくなってたんだとか？」

羽田さんの言葉に、僕はうなずいてみせる。彼は驚いた顔で高柳副編集長と顔を見合わせ、それから僕に向き直ってにっこり笑ってみせる。

「恋の病が原因じゃないかな？　ある新人編集に恋をして、でも絶対に結ばれないと思って悩んでいたからね」

「……新人編集……？」

「そう。……そろそろこいつを連れて行こう、慶介《けいすけ》」

……うわあ、副編集長を名前で呼んだ。やっぱり恋人同士なんだ……。

こんな非常時なのに、僕は思わずそこに反応してしまう。高柳副編集長はうなずき、僕に向かって言う。

「明日は午後からでいい。大変だったな。ゆっくり休めよ」

「あ、ありがとうございます」

いつも威圧的な彼の顔に心配そうな表情が浮かんでいてちょっと感動する。

……怖いけど、結構優しい人なんだ……。

高柳副編集長が疋田先生を引きずるようにして部屋から出て行く。羽田さんと編集部員たちがそれに続き……僕は、大城先生と二人きりで残される。

さっき羽田さんが言った言葉が耳に蘇《よみがえ》り、鼓動が速くなる。

……いや、別に僕だって言われたわけじゃないし。もしかして別の新人かもしれないし。

僕の脳裏を、別の編集部に配属された新人編集たちがよぎる。思い出してもかなりの美男美女が多くて、思わず青ざめる。

……いや、そんな気がしてきた……。

思いながら顔を上げると、大城先生が僕を真っ直ぐに見つめていた。

「あ、あの……っ」

声がかすれていることに気づき、僕は慌てて咳払《せきばら》いをする。

……ちょっと待て。その話よりもまずはお礼を言わなくちゃ。

僕は深呼吸をし、それから改めて彼を見つめる。

「助けてくださってありがとうございます。あの、すみません。僕のためにお時間使わせちゃったみたいで……」

「何を言っている？　おまえが男にさらわれたのに、助けないわけがないだろう」

彼が、どこか怒ったような顔で言う。だけどその目の中にはとても心配そうな光があって……僕の心がズキリと甘く痛む。

……もしかして……。

僕は彼の端麗な顔を呆然と見上げながら思う。

……僕はちょっと希望を持っていいんだろうか……？

そう思ったら、もう僕は我慢できなくなってしまう。

「あの……一つお聞きしたいんですが、よろしいですか？」

「なんだ？」

彼が苛立《いらだ》った顔をし、僕はちょっと怯える。

……いや、怯えている場合じゃなくて。

「あなたが恋をした新人編集っていうのは……」

「おまえだ。決まっているだろう？」

彼はぶっきらぼうに言い、僕から目をそらす。

「まったく、なんて鈍いヤツなんだ」

呟いた彼の横顔がわずかに照れているように見えて、鼓動がますます速くなる。

……完璧なハンサムで、クールな大城先生が、こんな顔をするなんて。

僕は胸がキュッと甘く痛むのを感じながら、思う。

……どうしよう。こんなことを言ったら失礼だけど、なんだか可愛いかも……？

僕の不埒《ふらち》な考えを読んだかのように彼が僕に向き直り、僕はドキリとする。

「この際だから聞いておく」

怖い顔で見つめられて、僕は思わず一歩後退る。

「は、はい。なんでしょうか？」

彼は、その秀麗な眉間《みけん》に深い皺《しわ》を寄せて僕を見下ろしてくる。

「おまえの気持ちはどうなんだ？　嫌か？　迷惑か？　怖いか？　はっきり言え」

脅すような声に、僕はますます後退ってしまいながら言う。

「う、嬉しいです」

「え？」

彼は驚いた顔をし、それからさらに苦しげな顔になる。

「そんなわけがない」

「本当です。あの……」

僕は自分の気持ちを検証し、それから告白する。

「僕、『紫煙《しえん》』でもあなたに助けられたじゃないですか」

「ああ」

「もしかしたらあの時にもう一目惚《ひとめぼ》れしていたのかも知れません」

「えっ？」

彼は驚いたように目を見開き、僕を見下ろす。僕はあの時のことを思い出す。

「疋田先生にキスされそうになって本当に嫌でした。でも抵抗しちゃいけないのかと思ってすごく悲しかった。だから助けてくれたあなたはまるで救いの騎士みたいでした」

僕は彼の漆黒の瞳を見つめながら、告白する。

「でもあの時あなたに『ひ弱だ』とか言われ、ちょっとあきれた顔をされて、自分はなんて情けないんだろうって落ち込みました。僕は非力だし、お酒にも弱いし」

「ああ……すまない。そういう意味ではなかった」

また落ち込みそうになった僕に、彼は少し気まずそうな顔になって、前髪をかき上げる。

「悪いのが疋田で、おまえには非がないのは俺にもわかっている。だが、編集ならなんとか自分の知恵と言葉で作家を手のひらで転がせ、編集としてまだまだだ、そう言いたかった。

そして何より……」

彼は言葉を切り、あの時のことを思い出したかのように憤然とため息をつく。

「おまえの身体に、ほかの男が少しでも手を触れた、それが許せなかった。疋田に対する怒りでおかしくなりそうだった。おまえにもやつあたりした。……大人気ないな」

「いえ、あの……」

僕は頬が熱くなるのを感じながら言う。

「あの時、僕は自分が一人前じゃないこと、オモチャ扱いしかされていないことに落ち込んでいました。だからあなたがそんなふうに思ってくださっていたこと、とても嬉しいです。一人の編集として扱ってくださってたんだな……っていうか、あれ？」

僕はあることに思い当たって目を丸くする。

「あの時、僕が編集だって気づいてたんですか？　作家さんと各社の編集と、それだけでなくふつうのお客さんも入り混じってあの時はお店はかなり混雑していましたけど……」

「あの店に行く前から、おまえのことは知っていた」

大城先生の言葉に、僕は驚いてしまう。

「へっ？　でも……最近省林社の方にはいらしてないって聞いてるし……？」

「飯田橋の駅の近く、川に面したカフェがあるだろう？」

「え？　あ、はい。たまに行きますが……」

「あそこでおまえを見かけた。おまえは俺の本を読んで……そして泣いていた」

「ええっ？」

その言葉に僕はものすごく驚いてしまう。

「あ……そういえば、大城先生の最新刊はあそこで読んでいた気がします」

僕はあの時のことを必死で思い出そうとする。

「……たしかあそこで本を読み終えて、めちゃくちゃ感動していた気が……」

「桜が満開の午後だった。水の上に舞い散る桜と、それをバックにして泣くおまえの横顔が……忘れられなくなった」

「……あ……」

その言葉を聞いて、脳裏にあの時のことが鮮やかに蘇る。

「……そうだ、たしかあの日は桜が散っていました。読み終えて感動してるところに編集部から電話が入って……」

「立ち上がったおまえは、会社の封筒を持っていた。聞こえてきた会話と、印刷されていた文字を見て、おまえは省林社の新入社員だろうと思った」

「ああ……思い出しました。あの時、会社に向かって走りながら『大城先生の最新刊も読み終えてしまった』ってちょっと寂しくなったんです」

「寂しくなった？」

「ええ。だって、僕はこの世に出ている大城先生の本は、もうすべて読んでしまっています。もちろん何度も何度も読み返しています。でも新刊を読んだ時のあの感動はやはり何物にも代えがたいです。……次にあの感動を味わえるのは、次の新刊が出るまでお預けなんだなって思ったら、ちょっと寂しくて……」

彼は驚いたように目を見開き、それから手を上げて僕の両頬をそっと包み込む。

「俺の本が読みたいか？」

見つめられながら問いかけられて、僕は何もかも忘れてうなずく。

「読みたいです、心から」

「おまえに出会ってしまったことを、俺はずっと後悔していた」

彼は僕の目を真っ直ぐに覗き込みながら囁く。

「おまえに恋をした。おまえは俺の心のすべてを奪ってしまった。そのせいで俺の中には書くことなど一つも残らなかった。……だが」

彼の顔がゆっくりと近づいて、僕は慌てて目を閉じる。

「……ん……」

見かけよりも柔らかい彼の唇が、僕の唇をそっと包み込む。

「……ん……」

何度も角度を変えて重ねられ、チュッと音を立てて吸い上げられて、身体が甘く痺《しび》れる。

……ああ、どうしよう……？

両頬を包み込んだ彼の大きな手の感触。そして繰り返されるキス。

……キスだけで、気が遠くなりそうだ……。

「今は、あの時おまえに出会えたのは運命だと思える」

唇を触れさせたまま、彼が囁いてくる。僕はゆっくりと目を開き、彼の美貌を見上げる。

「あなたみたいな素晴らしい人が、こんなに平凡な僕なんかに恋をしてくれたなんて、まだ信じられません……」

思わず囁くと、彼は小さく笑って言う。

「文壇バーは嫌いだが、他社の接待で何度か行き、おまえのことも見かけていた。酔っ払っても、からかわれても、それでも頑張ろうとしているおまえに惚れた」

彼の指先が僕の唇の形をそっと辿《たど》る。

「おまえが疋田に唇を奪われそうになっているのを見て、怒りのあまりおかしくなりそうだった。担当になったおまえが部屋に来るたび、こうしたいと思ってしまった」

彼が囁き、もう一度キスをしてくれる。

「愛している。小田」

彼の言葉に、僕は不思議なほどの喜びを感じてしまう。

……きっと僕は、助けてもらったあの瞬間から彼に夢中だったんだ……。

「僕も愛しています、大城先生。作家としてのあなたに……」

「はあ？」

とてもムッとした声で遮られて、僕は思わず笑ってしまう。

……とてもハンサムなのに、こんな顔をすると少年みたいだ。

「ちゃんと最後まで聞いてくださいね。……作家としてのあなたにだけでなく、素のままの大城貴彦《たかひこ》という人にも」

僕が言うと、小さくため息をつく。

「本名とペンネームが同じでよかった。でなければ大城貴彦という男を殴りたくなっていたかもしれない」

「なんですか、それ？」

僕は笑い、それからゆっくりと目を閉じて囁く。

「愛しています、大城せんせ……いえ、大城貴彦さん」

「よろしい」

彼の囁きが、僕の唇をくすぐる。そして二人の唇がまた重なる。

「……ん、ん……っ」

彼の逞しい腕が僕の身体を抱き締め、もう片方の手が僕の後頭部をしっかりと支える。

あまりにも熱いキスに後退りそうだった僕は、そしてもう逃げられなくなる。

「……あ、んく……っ」

力が抜けて開いてしまった上下の歯列の間から、彼のあたたかな舌が滑り込んでくる。

「……ンン……！」

そんなことをされるのが初めてだった僕は、混乱して思わず彼の胸に手をつく。

だけどあたたかな舌で口腔を探られたら……もう押しのけることなんかできなくて……。

「……んん……」

僕の指が、勝手に彼のワイシャツの布地を摑んでしまう。

それを合図にしたかのように、彼の舌が愛撫するように僕の舌に絡みつく。

「……ん、ん、くふ……っ」

僕を抱き締める逞しい腕、鼻腔をくすぐる芳《かぐわ》しいコロンの香り。

……ああ、どうしよう……？

僕は身体の熱がある一点に集中してくるのに気づいていた。

……僕、欲情してる……？

「……ん、ああ……」

彼の唇が、ゆっくりと離れる。二人の唇を銀色の細い糸が結び……キスがどんなに深かったか思いだして、思わず真っ赤になる。

彼は愛《いと》おしげに微笑《ほほえ》んで、もう一度チュッと仕上げのようなキスをしてくれる。

「抱きたい」

真摯《しんし》な声で見下ろされ、漆黒の瞳で見つめられて、僕は陶然とする。

「いいか？」

セクシーな囁きに身体が痺れて……気が遠くなりそうだ。

「大城先生、僕は……」

「あっ」

僕の言葉を、大城先生の驚いたような声が遮った。

「どうしましたか？」

「浮かんだ」

「え？」

「プロットが浮かんだ。……ええと……」

彼は僕の肩を離してライティングテーブルに近寄り、ホテルのペンを取る。そして備え付けられていた便箋《びんせん》に、何かを猛然と書き始める。

「大城先生？」

彼は一心不乱に何かを書き続け、僕の声にも気づかないようだ。

彼の手が便箋を破り、次の便箋に細かな字をつづり続ける。破られた便箋がデスクから落ち、ひらひらと絨毯の上に落ちる。僕はそっと近寄ってそれを拾い、そして我慢できずにそれに目を落とす。

……プロット……。

そこには、何かの物語のプロットがつづられていた。ヴェネツィア、舞踏会、などの煌《きら》びやかな単語がちりばめられたそれは……チラリと見ただけでドキドキしてくるような……。

僕は便箋をそっとデスクの上に戻す。

……もしも彼がプロットを書いているとしたら、彼は僕に完成したこれを見せてくれる。

……それまで、ドキドキしながら待つことにしよう。

大城先生の手はものすごい速さで動き、二枚目の便箋が埋まりそうだ。僕は床に落ちていた自分の鞄からレポートパッドを取り出し、それを便箋の脇《わき》に置く。

「……どうぞ」

言ってみるけれど、彼からは何の反応もない。

……なんて集中力だろう。大城先生が集中すると、こんなふうになるんだ……。

僕は思いながら、ベッドに腰掛ける。

そして夜明けとともにプロットは完成した。それはとんでもなく素敵でロマンティックなラヴストーリーで、僕はこれ以上ないほど幸せな気持ちでそれを持って出社する。

……一晩中放って置かれたのにそれでも嬉しいなんて、僕は本当に、かなりの出版オタクかもしれない。

そして次の週。羽田さんにペットシッターを頼んだ僕たちは物語の舞台になるヴェネツィアに向かった。

大城先生は実はかなりの名家の生まれらしく、イタリアにたくさんの知り合いがいた。彼は彼らの主催するパーティーに、僕を連れて出席してくれた。

◆

パーティーの後。僕たちは運河を進むゴンドラの上にいた。

隣に座る大城先生は、そのモデル並みのスタイルでタキシードを着こなしている。白のドレスシャツ、白のジレ、白の蝶《ちょう》ネクタイ……完璧な装いの彼は、まさにラヴストーリーの男主人公みたいに麗しい。

僕も、彼に誂《あつら》えてもらった焦茶色のタキシードを着ている。まるで乗馬服みたいなイメージのデザインで、襟と袖口に黒のベルベット、揃《そろ》いの黒のベルベットの蝶ネクタイ。

大城先生の「おまえは髪も目もブラウンだから、黒よりもこっちのほうが似合う」と言った言葉は正しかったみたいで、パーティーでは華やかな装いの、いろいろな人に褒められた。とても恥ずかしかったけど……なんだか別世界に紛《まぎ》れ込んだみたいでちょっとドキドキしてしまった。

僕は彼の端整な横顔をチラリと盗み見て、また鼓動が速くなるのを感じる。

……彼といると、本当に、自分が本の中に引き込まれてしまったような気がしてくる。

彼が僕の視線に気づいたように振り向き、僕は慌てて目をそらす。

……こんなハンサムな彼と見つめ合ったら、心臓がおかしくなりそうだ……。

街灯の明かりに照らされたゴンドラ。ゴンドリエーレが櫂《かい》で水を掻《か》く、かすかな音だけが水面に響いている。

ひと気のない深夜のヴェネツィアの街を、濃い霧が覆っている。まるで物語の挿絵の世界のように幻想的な水路を、ゴンドラはゆっくりと進んでいく。

「こ、ここで主人公たちは愛を囁き合うんですね」

僕は照れたのを隠そうとして慌てて言い……そして周囲の景色がとても美しいことに気づく。そして本気で見とれてしまいながら、うっとりとため息をつく。

「ロマンティックなラストになりそうですね。台詞《せりふ》はどんなふうになるのかなあ？　主人公の性格としてはやっぱりちょっとクールな方がいいのかな？」

「おまえは本当に編集バカだな」

苦笑を含んだ声に、僕は慌てて隣の大城先生の方を振り返る。

「だってしょうがないじゃないですか！　日本の出版の歴史に残る、世紀のラヴストーリーが生まれるかも……」

僕は叫び……そして思わず言葉を切る。彼の唇に浮かんでいた笑みが、今まで見たこともないほど優しかったからだ。

「……あ……っ」

「こうしておまえに出会えたことを、神に感謝しなくてはいけない」

彼の唇から出た声は、胸が痛くなるほど愛おしげだった。漆黒の瞳で見つめられて、僕の鼓動がどんどん速くなる。

「今夜、おまえを俺だけのものにする。……いいな?」

彼の低い声は本当にセクシーで、身体がどんどん熱くなる。僕はなんとか気の利いた答えを言おうとするけれど……咽喉《のど》がカラカラになってしまって何も言えない。

「ええと……」

やっとのことで出た声は、情けなくかすれていた。

「それは男主人公が言う台詞ですよね? 彼の台詞にしてはちょっと熱烈すぎるような気もしますが、とてもいいと思います。女性読者さんはきっとドキドキしますよ」

「今のは作家としてではなく、一人の男としての俺の台詞だ」

彼が言って僕の肩を抱き寄せる。指先で顎《あご》を持ち上げられて、僕は焦る。

「ちょっと待ってください、ゴンドリエーレに見られ……ンン!」

彼の唇が少し強引に重なってきて、僕の言葉を遮る。

「……ンン……」

そのまま甘く舌を絡められ、僕は彼以外のすべてのことを忘れる。

「ホテルに着いたら朝まで抱く。覚悟しておけ」

唇を触れさせたまま囁かれ、僕の最後の理性がトロリと蕩《とろ》けてしまう。

「……朝まで抱いてください……そして……」

僕の唇から、かすれた声が勝手に漏れてしまう。

「……僕のすべてをあなたのものにしてください……」

彼の唇が、また重なってくる。

僕と彼は、霧を進むゴンドラの上で、何度も何度もキスを交わしたんだ。

大城貴彦

「……待ってください、大城先生……!」

小田が、泣きそうな声で言う。

「……初めてなのに、こんなところでは無理です……」

「なんでも協力すると言った言葉は嘘か?」

俺は彼を後ろから抱き締めながら、囁く。彼はハッとしたように息を呑み、それから慌てたように頭を振る。

「もちろん嘘ではありません……でも……んんっ」

後ろから回した手で乳首をそっと撫でてやると、彼の唇からとても甘い声が漏れる。

「……本当に、取材なんですか? ああっ」

「決まっている」

耳たぶに舌を這わせると、彼のしなやかな身体がビクビクと震えるのが解る。

「すべてが、作品のためだ」

私と彼は、ヴェネツィアの大運河を見渡せる屋敷にいた。ここは亡くなった祖父が遺《のこ》してくれた場所で、私の思い出の地でもある。

運河を見渡せるバルコニーで、私は雪哉《ゆきや》を後ろから抱き締め、そのしなやかな身体を愛撫していた。

「……待ってください、大城先生……ん……っ」

ドレスシャツのボタンを外してはだけ、手を差し入れる。

「……ああ……っ」

両方の乳首を指先でそっと撫でて、彼に切羽詰まった声を上げさせる。

「ここが……感じるのか？」

乳首の先端を指先でくすぐってやると、彼の全身に漣《さざなみ》のような震えが走る。

「……あ、ああっ……！」

「とても感じているようだな」

乳首を摘《つま》み上げ、揉《も》み込んでやる。彼は喘《あえ》ぎ、ダメ、というようにかぶりを振る。

「……あ、んん……っ」

「なんて声だ。しかもこんなにとがらせてしまうなんて」

親指と中指で挟み込んだ乳首を、人差し指でくすぐるように愛撫してやる。

「……ひ、うう……っ！」

彼の腰が、激しい快感を表すようにヒクヒクと震えている。

「どうした？　腰を揺らしたりして」

右手を下に滑らせて、彼のスラックスの前立てのボタンとファスナーを下ろす。

「……あ、いけませ……んんーっ！」

左手を下着の中に滑り込ませると、彼はそれだけで声を上げ、甘く震える。

「……ダメ、大城先生……っ」

彼の屹立《きつりつ》は熱く勃《た》ち上がり、限界に近いことを示すように反り返っていた。

「スラックスの中で、こんなに硬くしていたのか」

手のひらで包み込み、その屹立の熱を確かめる。

「もうヌルヌルだぞ。なんて恥ずかしい担当だ」

私は囁きながら指先で乳首を揉み込み、すっかり硬くなった屹立を愛撫する。

「……や、あ、ああ……っ！」

ほんの軽い愛撫だけで彼の屹立はビクビクと震え、その先端からたっぷりとした蜜《みつ》を溢《あふ》れさせる。

「欲しい。雪哉」

耳元で名前を囁いてやると、彼は切羽詰まった声を上げ、屹立をビクンと震えさせる。

「……アアッ……！」

「今すぐに、だ」

「……ああ、大城先生……っ」

私は、彼のスラックスと下着を一気に引き下ろし、その足を開かせる。

「二人きりの時には、名前で呼べ」

囁きながら、彼の蜜で濡れた指を、双丘の間のスリットに滑り込ませる。

「……んん、貴彦……アアッ……！」

クチュッという音を立てて、私の指先が彼の蕾《つぼみ》に吸い込まれる。彼の蕾は怯えたように私の指を食い締めるが、もう片方の手で屹立を愛撫してやると、ゆっくりと解けて私の指を受け入れてくれる。

「……あ、貴彦……貴彦……んんっ」

「俺が欲しいか？」

愛撫を続けながら耳元で囁くと、彼は震えながら小さくうなずく。私はたまらなくなって、彼の蕾に熱くなった屹立を押し当てる。

「愛している、雪哉」

グッと押し当てると彼は一瞬だけ身体をこわばらせるが……私の囁きに応じて身体をゆっくりと蕩けさせる。

「……愛しています、貴彦……あっ！」

彼の愛の囁きが、私の理性を吹き飛ばす。

「……ああ、ああっ！」

私は彼の身体を抱き締め、その甘美な蕾に屹立をゆっくりと押し入れる。

「……く、うう……っ」

彼はその内壁を淫《みだ》らに震えさせながら、私をしっかりと受け入れてくれる。

「動くぞ、大丈夫か？」

囁くと、彼は健気《けなげ》にうなずいてくれる。

「……はい……あなたが、欲し……ああっ！」

私は彼の言葉が終わる前に、抽挿を開始する。

「……あ、あ、あ……っ！」

彼はたまらなげに喘ぎ、俺を包み込んで甘く締め上げてくる。

二人を包み込む、ヴェネツィアの白い霧。

「……ん、んん、んん……っ！」

二人の速くなる呼吸が、運河の上を渡っていく。

「貴彦……貴彦……」

私は彼を奪いながら、その光景を脳裏に焼き付ける。

……ああ、素晴らしいものが書けそうだ。

ひときわ強く突き入れると、彼は大きく震え、そしてその屹立から白い蜜を迸《ほとばし》らせる。

「……く、ううん……！」

甘く締め上げられて、オレはすべてを忘れて彼の甘美な蕾に欲望を打ち込んだ。

「……愛している、雪哉……」

しっかりと抱き締めて囁くと、彼が身をよじるようにして俺を見上げてくる。

「愛しています、貴彦」

私は彼の唇を奪い、そしてまた締め上げてくる彼の蕾に我を忘れ……。

小田雪哉

「我を忘れて抱いてしまった」

彼の低い声が、バスルームの湯気の中に響く。

彼の屋敷のバスルームは天井がとても高く、ドーム形の天井を持つ美しい空間だった。細かなタイルを使って壁にも、天井にもヴェネツィアの港と帆船、そしてそれらを守る天使が描かれていて……いかにもヴェネツィアの歴史ある建物という感じだ。

ベランダで僕を激しく抱いた後、彼は快感で倒れ込みそうな僕を抱き上げて、ここに運んだ。そしてあたたかなお湯の雨の中で僕を抱き締めている。

肌に押し付けられているのは、彼の逞しい身体。二人の肌と肌の間を滑るお湯、たっぷりと泡立ったスポンジで身体を撫でられる感触が……なんだかとても淫らだ。

……ああ……また身体が熱くなりそう……。

僕は速い鼓動が収まらないのを感じながら思う。

……こんなことするの初めてなのに……どうしてこんなに感じちゃうんだろう……？

「大丈夫か？」

スポンジを握った彼の手が、僕の背中をゆっくりと滑っている。トロトロと落ちる泡が双丘の間に流れ込んできて、僕は思わず震えてしまう。

「……ん……っ」

「どうした？　痛いか？」

心配そうに見下ろされて、僕は慌ててかぶりを振る。

「大丈夫です、とても優しく抱いてもらったから。そうじゃなくて……あっ」

脚の間を、何か熱い物が滑り下りる。これはきっと、さっきたっぷりと撃ち込まれた彼の欲望の蜜で……。

「……あ……っ」

僕の身体が勝手にびくりと跳ね上がる。僕は座り込みそうになりながら彼にすがりつく。

「……ダメ……あ、ああ……っ」

思わず蕾を締め上げてしまうと、その拍子にまた、トプン、と蕾から蜜が溢れる。それが泡と一緒になってトロトロと脚を滑り落ちる感覚はとても淫らで……僕は彼の滑らかな胸に頬を押し付ける。

「どうした？　ここ？」

彼の手が、僕の双丘の間に滑り込んでくる。

「……あ、ダメ……ああっ」

彼の指がスリットをそっと辿り、それからトロトロになった僕の蕾に触れてくる。

「……あ、ん……っ」

僕の蕾がヒクヒクと震え、また彼の蜜を搾り出す。

「イケナイ子だ。あんなに注いであげたのに……」

彼の指が、熱さを確かめるかのように僕の蕾の入り口を辿る。

「もう出してしまっているのか？」

「……あ……初めてだから、どうしていいのかわからな……んんーっ！」

花びらを解していた彼の指が、ツプン、と僕の中に滑り込んでくる。

「あんなに抱いたのに、怖がるどころか、蕾をこんなにトロトロにさせてしまっているなんて」

そのままクチュクチュと音を立てて内壁を探られて、僕は思わず喘いでしまう。彼の指が出るたびに注がれていた蜜までが溢れ……とても恥ずかしい。

「……だって、あなたが感じさせるから……ああっ！」

内壁の一部、さっき教えられたばかりのとても感じやすい部分を優しく擦られて、僕の屹立がヒクンと反応するのが解る。

「……あ、そこ、やぁ……あっ」

蕾が震え、彼の指をキュウッと締め上げてしまう。

「物欲しそうに締め付けてくる。……もしかしてまだ足りないのか？」

彼の美声が、僅かにかすれている。そのセクシーな声に、胸が熱くなる。

「……あ……」

僕はあることに気づいて、一人で真っ赤になる。

限界まで硬くなってしまった僕の屹立が、何かに押し当てられている。それはとても熱くて、とても硬い、彼の……？

深く深く貫かれ、さっきまで与えられていた激しい快感を思い出して……僕の身体が細かく震えてしまう。

「……もしかして……」

僕は切れ切れに喘ぎながら囁く。

「……あなたも、まだ足りない……？」

「あなた『も』？」

彼が囁き、ゆっくりと僕の中から指を抜いていく。

「……ん、ああ……っ」

その感触にも感じてしまって震える僕を、彼の逞しい腕が引き寄せる。その漆黒の瞳で僕を見下ろして、

「なんて生意気な編集だ。俺を挑発しているのか？」

「……あ……っ」

獰猛《どうもう》な声に、身体がジワリと熱くなる。

「おまえの気持ちを言ってみろ」

「……ん……っ」

身体をズキンと駆け抜けたのは、気が遠くなりそうに甘い電流だった。

「……欲しい……」

僕の唇から、本当の気持ちが勝手に漏れる。

「……まだ、足りないんです……」

触れ合っている二人の欲望が、泡に塗《まみ》れてヌルリと滑る。僕はたまらなくなって彼の胸にすがりつく。

「……僕を……」

彼の鼓動も自分と同じくらい速いことに気づいて、愛おしさに胸が潰《つぶ》れそうだ。

「……気絶するまで抱いてください……」

「いい子だ」

彼が囁いて身をかがめ、僕の唇に深く淫らなキスをする。

「望みどおり、気絶するまで抱いてやる」

……ああ、囁きだけで、おかしくなりそうだ……。

◆

彼は僕と自分の身体の泡をシャワーで洗い流し、広いバスルームを出た。タオルで身体の水を拭いてくれて、その逞しい腕で抱き上げた。

何度も何度もキスをされながらベッドルームに運ばれ、そのままゆっくりとベッドの上に押し倒される。

「……ああ……っ」

重なってくる逞しい身体。触れ合った熱い肌と肌に、唇から思わずため息が漏れる。

彼は僕の唇にそっとキスをし、その唇をゆっくりと滑らせる。

「……あ……っ」

彼の唇が、僕の顎の先にキスをする。そのまま首筋を滑り、鎖骨の上にキス。

「……あ、貴彦……んっ」

彼の唇が、僕の剝き出しの乳首に触れてくる。

「……ダメ、ああ……っ」

チュッと音を立てて吸い上げられて、信じられないほどの快感が身体を走り抜ける。

……ああ、男なのに、どうしてこんなところが感じるんだろう……？

片方の乳首を舌で愛撫しながら、彼の指先がもう片方の乳首を摘み上げる。

「……ひ、うぅ……んっ」

先端を舌で舐め上げながら、彼の指が乳首の先を羽のように軽く撫でる。触れるか触れないかのところで施される愛撫が、気絶しそうなほどの快感を呼び起こす。

「乳首が、とても感じるんだな」

彼が囁き、僕の乳首に愛おしげにキスをする。

「乳首に触れると、欲望までヒクヒク震える」

囁かれて、僕は真っ赤になる。身体を下に滑らせた彼の胸のあたりに、僕の反り返った屹立がしっかりと押し付けられていることに気づいたからだ。

「……あっ」

恥ずかしさのあまり思わず身体をひねろうとした僕の腰を、彼がしっかりと抱き締める。僕の動きを封じ、身体をさらに下にずらして……。

「アアッ！」

あまりのことに、僕は思わず声を上げてしまう。反り返った屹立の先端に、彼がそっとキスをしたからだ。

「……んんーっ……！」

そこから走った電流は怖いほどに強く、僕の身体を痺れさせる。

ブルッと震えた先端のスリットから、先走りの熱い蜜が溢れ出すのが解る。

「……や、ああ……っ」

震えている僕の屹立を、彼の大きな手が捕まえる。逃げようとよじらせようとした僕の腰をさらにしっかりと抱き寄せ、僕の屹立にまた顔を近づけて……。

「……く、ううーっ！」

僕の張り詰めた先端が、彼の口腔にゆっくりと包み込まれる。

「……ダメ……！」

僕は彼の髪に指を埋め、必死でかぶりを振る。

「……出ちゃう……から……アアッ！」

彼の濡れた舌が、容赦なく僕を愛撫する。張り詰めた先端を舐め、舌先をスリットに滑り込まされて、そこから先走りの蜜がドクン、と溢れた。

「……あ、も、もう……舐めないで……っ！」

僕はあまりの快感に泣いてしまいながら、必死で逃げようとする。だけど腰を抱き締められ、もう片方の手で屹立を握られて、身動きができない。

「……ダメ、口、はなし……んんーっ」

クチュクチュと音を立てて、僕の先端が彼の唇から出入りする。僕の腰がビクンと跳ね上がり、その拍子に彼の口腔に屹立を深く突き入れてしまう。

「……ひ、う……！」

そのお仕置きをするかのように彼の動きが速くなる。深く浅く僕を飲み込み、手のひらで僕を強く愛撫して……。

「……イク……貴彦……っ！」

僕は彼の唇から逃れようとして身体をよじるけれど、さらに深く咥《くわ》え込まれて……。

「……く、ううう……っ！」

全身を、信じられないような快感が走り抜けた。僕はもう一瞬も我慢できずに、身体を震わせながら、ドクドク、と蜜を放ってしまう。

「……ん、ああ……っ」

彼はそれを口腔で受け止め、羞恥《しゅうち》で気絶しそうな僕の腿《もも》を掴む。

「……や、何……あっ！」

脚を広げ、膝が胸につくほど深く折り曲げられる。あまりのことに呆然とする僕の脚の間に、彼が顔を下ろし……。

「……やだ、やめてください……んんっ！」

彼の唇が、僕の蕾に淫らなキスをする。舌が花びらを割り、蕾の中に、熱い何かがゆっくりと注ぎ込まれる。

……これは、さっき放ったばかりの、僕の……？

「……ダメ……自分のなんか入れられたら……ああっ！」

彼が口を離し、代わりに彼の指が僕の蕾に滑り込んでくる。そして注いだ熱い蜜が溢れないようにしてしまう。

「さっきも出したというのに、またとてもたくさん出したな。わかったか？」

身を起こした彼に顔を覗き込まれ、僕はまた涙を溢れさせる。

「……わかりません。イジワル……」

僕が必死で悪態をつくと、彼は可笑しそうに唇に笑みを浮かべる。

「抵抗しても可愛いばかりだ。俺を欲情させるだけだぞ」

囁いて指を揺らされて、僕の中で熱い物が泡立つのが解る。

「……ひ、ああ……やだ……っ！」

「さっきは注がれて嬉しそうにしていたくせに。どうしていやなんだ？」

「……あ、あ……っ」

促すように内壁の一部を撫でられて、僕の腰が知らずに跳ね上がる。

「いやらしいな。そんなに腰を揺らしたりして。どうして欲しい？」

耳元で囁かれ、僕は何もかもを忘れてしまう。

「……自分のじゃ、いやだ……」

僕は彼の端麗な美貌を見上げながら、淫らにかすれた声で懇願する。

「……あなたのを、注いでください……！」

彼は一瞬息を呑み、それから震えるため息にしてそれを吐き出す。

「まったく、とんでもない担当だ」

彼は僕の膝を高く抱え上げ、濡れそぼった蕾に熱いものを押し当てる。

「そんなに煽《あお》ってしまって……この後どうなるか知らないぞ」

「……あっ」

グチュッと音を立てて、彼の先端が僕の中に滑り込んでくる。

「……ああっ……！」

とても逞しい彼の感触に怯え、不慣れな僕の蕾は一瞬それを拒もうとする。

「力を抜け」

彼が僕を真っ直ぐに見つめ、低い声で囁いてくる。

「愛している、雪哉」

「……あっ！」

彼の言葉がまるで媚薬《びやく》のように僕の身体を痺れさせる。

「……んん……っ」

頑《かたく》なだった僕の蕾が、いきなりトロリと蕩けて彼の欲望を包み込む。

「……んんーっ！」

屹立をゆっくりと押し入れながら、彼が囁いてくる。

「すごいな」

「急にトロトロになって、俺を誘い込んできた」

彼の声が、とてもセクシーにかすれている。

「初夜だというのに、なんて子だろう」

「……だって……んん……っ」

彼の逞しい屹立が、自分の内壁をきつく押し広げている。

「……あ、あ……っ」

焦《じ》らすようにゆっくり押し入れられて、さっきは夢中で解らなかった、彼の熱さ、そしてその欲望の形までもをリアルに感じてしまう。

「……んん、んん……っ」

大きく割り広げられた脚の間に、彼の裸の身体が割り込んでいる。触れ合う肌と肌の感触にまで、気が遠くなりそうなほどに感じてしまう。

「……あ、あぁ……っ」

性器に変えられた僕の蕾は、彼を歓迎するように蕩けたり、締め付けたりを繰り返し、彼を誘い込んでしまう。

「吸い込まれる。なんて身体だ」

彼がかすれた声で言い、僕の脚を高く抱えなおす。

「だが、とても愛おしい」

肩に載せた僕の足首に、彼が強く歯を立てる。

「……痛……んんーっ！」

その獰猛な感触にすら、快感が湧きあがってくる。

「……ああ、僕の身体、おかしくなっちゃったのかも……」

「どうして？」

「……だって、初めてなのに、こんなに……んんっ！」

グウッと最奥まで押し入ってくる、彼の熱い欲望。僕は喘ぎながらそれを受け入れ、そして彼を甘く締め上げる。

「こんなに？　続きは？」

「……あ、ああ……っ！」

促すようにぐっと深く貫かれ、僕の背中が反り返ってしまう。

「……こんなに、感じる……っ」

「なんて子だ」

彼がため息混じりに言い、僕は驚いて目を開ける。

「……ごめんなさい、僕、何か……」

「そうじゃない。おまえが色っぽすぎておかしくなりそうなんだよ」

彼は言い、僕の腿を摑んで強く引き寄せる。

「……ん……っ！」

裸の背中がシーツの上を滑る。内壁を逞しい屹立でグイッとえぐられて、あまりの快感に声も出せずに喘ぐ。

「動くぞ、大丈夫か？」

彼の囁きが欲情したようにかすれていて、僕の心を熱く痛ませる。

「……大丈夫……」

そして僕の囁きも、とても欲情したように濡れている。

「……奪ってくださ……ああっ！」

僕の言葉が終わらないうちに、彼が激しい抽挿を開始する。

「……あ、あ、あ……っ！」

グチュッ、グチュッ、というとても淫らな音が、夜の空気の中に大きく響く。

「……ああ、ああ……っ！」

彼の激しい動きに合わせてベッドが揺れ、背中がシーツの上を滑る。

「……ああ、貴彦……っ」

彼の手が脚の間に滑り込み、揺れている僕の屹立を捕まえる。

「……あ、ああっ！」

彼の手がヌルリと滑り、僕は先走りの蜜をとめどなく流していたことに気づく。

「……ん、いやあ……っ！」

激しく突かれながら、ヌルヌルの屹立を愛撫される。僕の身体に、怖いほどの快感が走り抜ける。

「……いや……そこ……ああっ！」

何度もイッたはずなのに、気が遠くなりそうなほど感じてしまう。スリットからまた先走りが溢れ、彼の指がそれを先端に塗り込める。

「……あ、あ……っ！」

先端をヌルヌルと愛撫しながら、さっきまでとは違う、焦らすような抽挿。浅くゆっくりと出し入れされて、身体の奥に涌きあがった快感が、行き場をなくして荒れ狂う。

「……いや……貴彦……お願い……」

僕の唇から、切羽詰まった懇願が漏れた。

「何をお願いしているんだ？」

彼が低い声で囁いてくる。

「きちんと言われないと、わからない」

「……ああ、イジワル……んんーっ」

内壁のある一部分を、彼がグッと刺激してくる。

「ひ、ううっ！」

僕の屹立が、まるで別の動物のように激しく、ビクン、と震える。

「……何……？」

「ここが、おまえの、一番感じる場所だ」

彼が囁きながら、屹立の先端でそこを擦り上げてくる。

「……あ、あ、あ……っ！」

僕の全身に、小刻みな痙攣《けいれん》が走る。先端から先走りの蜜が、ドクン、と大量に溢れる。

「……ダメ、おかしくな……ああーっ！」

いきなり一気に突き入れられて、あまりの衝撃に僕は思わず声を上げる。

「感じるか？」

囁きながら強く深く犯されて、僕は我を忘れて喘ぐ。

「……感じる……すごい……ああっ！」

内壁をしっかりと満たす彼の欲望。押し広げられ、擦り上げられて、僕は快感と、そして喜びの涙を流す。

……彼がこんなに熱いのは、僕に欲情してくれているからだ……。

そう思ったら、愛おしくて、愛おしくて、胸が張り裂けそうになる。

「……んん……愛してる……貴彦……っ」

僕は泣きながら囁き、彼に向かって両手を差し伸べる。

「……キス……して……」

彼が身をかがめて、僕の唇にキスをする。両脚を深く曲げられた恥ずかしい格好でのキスに、身体が蕩けそうになり……。

「……ン……っ！」

彼が動いた拍子にグリッと屹立が内壁をえぐり、僕の背中が反り返る。

「……んんっ！」

離れた唇を追うようにして、彼がまたキスをしてくる。

彼の両手が僕の両頬を包み込み、今度はもっと深いキス。

「……んん……」

開いてしまった上下の歯列の間から、彼の濡れた舌が滑り込んでくる。僕はもう何もかも忘れて彼の舌を受け入れる。

「……あ、んん……」

二人の濡れた舌が絡み合い、クチュクチュと淫らな音を立てる。

「……あ、あ……っ」

飲みきれなかった唾液《だえき》が、僕の唇の端から溢れてゆっくりと伝う。そのくすぐったいような感触にまで、おかしなほど感じてしまう。

「……おまえの身体に注ぎたい」

唇を触れ合わせたまま、彼が囁いてくる。

「いいか？」

「……して……」

僕は彼の唇にキスを返しながら囁く。

「……注いで……」

「……雪哉……！」

彼の腕が、僕の背中の下に滑り込む。そのまま抱き上げられ、逞しい屹立が僕の内壁を淫らに擦り上げる。

「……ひ、うう……っ！」

気がついたら、僕は胡坐《あぐら》をかいた彼の上に座らせられていた。下から深く撃ち込まれ、もう逃げることなどできない。

「……愛している、雪哉……」

彼が囁いて、激しい抽挿を開始する。

「……ひ、あ、あ……っ！」

ズクッ、ズクッ、と深く突き入れられ、僕は彼の肩にすがりつく。

彼は僕を奪いながら顔を下ろし、僕の硬くなった乳首を舐め上げる。

「……や、いや……ああ……っ！」

乳首を吸い上げながら速いピッチで突き上げられて、気が遠くなりそうになる。

「……イク……貴彦……イク……」

「まだだ、雪哉」

彼が囁き、僕の乳首をチュッと強く吸い上げる。

「一緒に行こう」

彼は片手で僕の腰を支え、もう片方の手で反り返る僕の屹立を握り込む。

「……ひ……ううっ！」

乳首を吸い上げ、ヌルヌルの屹立を愛撫されながら、激しく揺らされる。

「……あ、ああ、ああっ！」

僕は何もかも忘れて嵐のような快感に巻き込まれ、彼の屹立を強く締め上げる。

「……ダメ、出る……出ちゃう……」

「……すごい、雪哉。なんて身体だ……」

彼がかすれた声で囁き、その漆黒の瞳で僕を見上げる。

「……おまえがすごすぎて、限界だ。一緒にイこう」

彼が囁き、僕の腰を両手で抱き締める。

そのまま激しく突き上げられて、僕は身体をのけぞらせて喘ぐ。

嵐のように揺れるベッド。

窓から吹き込む海の香りの風。

そして速くなる二人の呼吸。

「……愛してる、貴彦ぉ……！」

僕はもう、何もかも忘れて叫ぶ。僕の反り返った先端から、ビュクッ、ビュクッと激しく蜜が迸る。

「……く、うう……んっ！」

あまりの快感に、目の前が白くなる。僕の蕾が、キュウッと強く彼を締め上げる。

「……愛している、雪哉……」

彼が濡れた声で囁き、締め付ける僕の抵抗に逆らうかのように強く激しく突き上げる。

「……あ、ダメ……ああーっ！」

僕の先端から、蜜の残りが溢れる。同時に、僕の奥深い場所で、彼がビクンと震えるのがわかる。

ドク、ドク、と熱い欲望が身体の中に注がれる。

僕は気が遠くなりそうな喜びとともに、それを深い場所で受け入れる。

「……ダメだ、足りない……」

彼が僕の身体を抱き締め、切なげなキスをしながら囁いてくる。

「……もっと奪いたい。いいか……？」

僕はキスを返しながら、かすれた声で囁き返す。

「……奪って……僕もまだ足りない……」

そして僕と彼は、数え切れないほど一つになった。

僕は彼に抱かれながら、あることを確信していた。

……彼はきっと素晴らしい作品を完成させてくれる。

そして僕と彼は、まるで物語の登場人物みたいにロマンティックに、夜が明けるまで愛を確かめ合ったんだ。

◆

「ああ〜、座敷で待つのが省林社の定例とはいえ……この時間が一番嫌なんだよなあ」

高柳副編集長が、苛々したようにタバコを吸う。

「いっそ『やっぱりダメでした』と言ってくれ！」

ここは新橋にある高級料亭。会社が用意した広いお座敷。

広いテーブルには豪華な料理が並んでいるけれど……誰も口にしようとしない。ぬるくなったビールや、お猪口《ちょこ》に注がれた日本酒をチビチビと舐《な》めているだけだ。

今日は猶木《なおき》賞の最終選考の日。受賞した作家の下には電話が入るはずで、僕らはそれを待っているところ。

あの後、日本に戻った大城先生は一気に新作『ヴェネツィア』を書き上げた。それは異例の速さで本になって発売され（僕は毎晩徹夜だった）、その素晴らしさと美しい世界観で多くの読者を魅了した。驚くほどの売り上げが続いているだけでなく、「大城先生の新作が読めて本当に嬉しい」という反響がたくさん届いた。

僕は同志がたくさんいたことに嬉しくなり、少し誇らしくなった。

だって僕は、この歴史に残る名作が生まれた現場に、同席することができたんだから。

そして。『ヴェネツィア』は多くの業界人の予想通り猶木賞の最終選考に残った。

……でも……本当に緊張する……。

僕は正座した膝の上で、そっと拳《こぶし》を握り締める。

……僕は信じてなきゃいけないのに……！

「取れても、取れなくても後悔はない」

大城先生が言って、僕の拳の上にそっと手を載せる。

「俺は精一杯の作品を書いた。それだけだ」

彼の言葉に、なんだか泣きそうになる。

……ああ、編集者の僕が泣いてもしょうがないんだけど……！

お座敷に集まっているのは太田編集長と高柳副編集長を始めとする編集部のメンバー、北河営業部長、そして大城先生の友人である紅井先生、草田先生、押野先生。大城先生とすっかり意気投合している様子の澤小路先生、そしてデザイナーの羽田さんだ。

「こんな時には落ち着いて待つのが一番なんだぞ」

澤小路先生が言って、お燗《かん》にした日本酒をすする。同じものを飲んでいる編集長が、

「そうですね。澤小路先生の時も、この座敷で……」

二人はしみじみと話し始めるけれど、やっぱり落ち着かない様子ですぐに会話が途切れてしまう。

「高柳副編集長」

羽田さんがにっこり笑いながら、ポケットから携帯用灰皿を取り出す。

「タバコはやめるって言ってましたよね？」

言いながら差し出されて、信じられないけど高柳副編集長が言うことを聞いてタバコを消している。

「尻に敷かれてるな、色男」

北河営業部長が可笑しそうに言い、高柳副編集長がチラリと睨んでいる。

「賞なんてくだらない、と思っていたけれど、こうして同席してみるとなかなか面白いな」

草田先生が、無理やりに盛り上げようとするかのような大声で言う。

「なんだかモチベーションが上がってきたぞ」

「それならいい作品が出来上がりますね。自作が楽しみです、草田先生」

担当編集の田代さんが、それに合わせるようにして明るい声で言う。

「候補になったらお座敷を用意しますから」

「それはいいな、あははは……」

草田先生の笑い声が小さくなって消え、座敷がまた沈黙に包まれる。

ブルルル！

大城先生の上着の内ポケットで、携帯電話が振動した。僕は心臓が止まりそうになり……集まっていた面々も、驚いてギクリと身体を震わせている。

「いよいよ、ですか？」

紅井先生が、震える声で言う。押野先生が緊張に頬を引きつらせながら、

「いよいよ、かも……」

大城先生が携帯のフラップを開き、通話ボタンを押す。

「……はい。ええ。大城ですが」

大城先生のあっさりした話し口調に、紅井先生と押野先生ががっくりと肩を落とす。

「違ったみたいですね」

「こんな時に電話をかけてこないで欲しいですよね」

「はい。ありがとうございます。それでは」

短く話して、電話を切る。

「受賞した」

いつもとまったく変わらない彼の口調に、全員が耳を疑った。

「は？」

僕は思わず聞き返してしまう。大城先生は肩をすくめて、

「だから、『ヴェネツィア』が受賞したらしい」

「ええっ？」

驚く僕を見下ろして、その唇に笑みを浮かべてくれる。

「お疲れ様。おまえのおかげだ」

僕は一瞬呆然とし……目の前の景色がふわりと曇ったことに驚いてしまう。

「……あ……っ」

僕の頬を、熱い涙が滑り落ちた。

「……お……大城先生……」

「なんだ？」

彼の優しい笑みに、僕はもう我慢ができなくなる。

「おめでとうございます……うう……っ！」

僕は叫び、そのままわけもわからず泣いてしまう。ほかの先生方や編集部のメンバーが駆け寄ってきて、僕と大城先生にお祝いを言っている。

「……うう……っ」

執筆お疲れ様でした、とか、あの作品なら取れると思いました、とか言いたいことはたくさんあるのに、どうしても言葉が出ない。

「……ううう……っ」

僕は手の甲で涙を拭《ぬぐ》いながら、バカみたいに泣いてしまう。大城先生が、テーブルの下で握り締めた僕の手をそっと握ってくれる。

「猶木賞を受賞できたのは、ご尽力くださった省林社の皆さん、そして励ましてくれた仲間のおかげです」

大城先生が、集まった面々を見渡し、いつもとは違う改まった口調で言う。

「そして、この『ヴェネツィア』を書けたのは、担当編集である小田くんのおかげです。彼がいなければこの作品は絶対にできあがりませんでした」

彼が僕を見下ろしながら言う。

「どうもありがとう」

「……あ……僕は……っ」

何かちゃんとしたことを言わなきゃいけないのに、僕はまともに話すことができない。

「……あ、あなたの……っ」

僕は胸を押さえ、必死で呼吸を整えようとしながら言う。

「……担当になれて、本当に嬉しいです……っ」

僕はやっとのことで言い、面々が拍手してくれたのを見てまた泣いてしまう。

「……ううう……っ」

「本当に泣き虫な担当だな」

大城先生が言って、僕の髪をかき回す。身体に腕を回し、そのまま立ち上がらせられる。

「……後はみなさんでごゆっくり。わざわざありがとうございました」

編集長と澤小路先生に頭を下げ、ほかのメンバーをチラリと振り返る。空《あ》いているほうの手で襖《ふすま》を開き、人気《ひとけ》のない廊下に出る。

「頑張れよ〜」

「なんだかカップルみたいねえ」

中から聞こえてきた声を無視して、後ろ手に襖を閉める。

「……お、大城先生、いいんですか……ん……っ」

襖が閉まった瞬間に、僕の身体が引き寄せられ、そのまま深いキス。

「……ダ、ダメです。中にはみんながいるのに……んん……っ」

必死で抵抗しようとするけれど、引き寄せられ、さらに深いキス。

「……んんー……」

襖の向こう側ではお祝いの大騒ぎが始まっていて、さらに廊下をいつ仲居さんが通るか解らない状態で……。

「今夜はお祝いだ」

大城先生が僕を見つめて囁いてくる。

「朝まで寝かせない」

その囁きに、鼓動が速くなる。

「いいな？」

本当はいけないと思いつつ、彼のセクシーな目を見ていると我慢ができなくなる。

「……はい……」

僕の唇は、勝手に言葉を漏らしてしまう。

僕の恋人の小説家は、ハンサムで、口が悪くて……でも本当にセクシーなんだ。

あとがき

こんにちは、水上ルイです。初めての方に初めまして。水上の別のお話を読んでくださっている方に、いつもありがとうございます。

今回の『恋愛小説家は夜に誘う』は、スランプ中の人気恋愛小説家・大城貴彦と、彼の担当になってしまった新人編集部員・小田雪哉が主人公。舞台は出版業界です。BLはかなり特殊な場所に位置するジャンルなので、私自身はまさに井の中の蛙状態なのですが、仕事でご一緒する編集さんには一般書籍を扱っていたことのある方もたまにいらっしゃったりするので、お話を聞くととても面白いです。そのほんの一部分をピックアップして今回のお話を書かせていただきました。もちろんラヴがメインのなんちゃって出版業界のお話なので、実際の業界とはかなり違います。出版業界の皆様、大きな心で見逃していただけると嬉しいです！（汗）しかし。BLというジャンルは女性がこっそり集まって萌えを話し合いつつラヴなものを作っている感じで、仕事をするのがとても楽しいです。なんかこう、毎日パジャマパーティーをしているような（解りづらい例えですが・汗）。これからもBL業界の片隅で、ひっそりと創作を続けていければと思います。私が書いた本を読んで、一時だけでも日々の忙しさを忘れ、少しだけでも幸せな気分になっていただけたらとても嬉しいです。

今回のお話の舞台になったのは、麻布十番商店街～六本木ヒルズあたり。以前、その近辺に仕事場があったので懐かしく思いながら書いてみました。一時期のバブリーな印象が強いのでなかなかお話の舞台にできなかったのですが（汗）豪華な家具付物件があったり、お洒落カフェがあったり、格好いい外国人ビジネスマンが集まるスポーツ・バーやジムがあったり（通ってました・笑）して楽しい場所です。今回は出てきませんが、けやき通り入り口にあるカフェ兼ブックストアで、よく資料を探したり原稿を書いたりしてました。なかなか買えない豪華装丁の本などに見とれている間に、いつのまにか時間が過ぎちゃったりするんですが（汗）。あ、麻布十番商店街の鯛焼き屋さんやお煎餅屋さん、美味しいミルクパンのあるパン屋さんも実在します。六本木ヒルズに行った時にはごみごみした六本木駅に行かず、商店街を通って麻布十番の駅までのんびり散歩するのがオススメです（笑）。

それではここで、各種お知らせコーナー。

★オリジナル個人サークル『水上ルイ企画室』やってます。

東京での夏・冬コミに参加予定。夏と冬には（受かったら）新刊同人誌を出したいと思っています（希望・笑）。カタログでサークル名を見つけたらよろしくお願いいたします。

★水上の情報をゲットしたい方は、公式サイト『水上通信デジタル版』へPCでどうぞ。☆URL ⇓ http://www1.odn.ne.jp/ruinet 最新情報はそちらをご参照ください。

★とても不定期ですが（汗）携帯メールの配信もやってます。講読ご希望の方は、下記の購読用空メールアドレスに空メールを送ってください。購読用空メールアドレス ⇓ r42572@egg.st メルマガに返信をすると、メルマガサイト経由で水上のPCにあなたのメッセージが転送されてきます。リクエスト、ご感想などお気軽に送ってやってくださいませ（あなたの携帯アドレスも一緒に送られてきます。イタズラメールはご遠慮くださいね）。

それではここで、お世話になった方々に感謝の言葉を。

街子マドカ先生。ご一緒できて光栄でした。そして大変お忙しい中、本当に綺麗なイラストをどうもありがとうございました。端麗な大城、そして可愛い＆美人な雪哉にうっとりしました。これからもよろしくお願いできれば嬉しいです。

幻冬舎コミックスＯ本さま。今回もお手数をおかけしてすみません（汗）。そしていろいろなご教示ありがとうございました。これからもよろしくお願いできれば幸いです。

ＴＡＲＯ。杏仁とピータンのために自作キャットタワーを作ったらどうだろうか？　アジア風のインテリアとは全然合わないかと思われますが。でも猫が可愛いからよし（？笑）。

そして最後になりましたが、読んでくださったあなたに、どうもありがとうございます。今回の本のご感想、リクエストなどいただければとても嬉しいです。

水上ルイ、これからも頑張ってお仕事をしていく予定です。これからもよろしくお願いできれば幸いです。次回お会いできる日を、楽しみにしております。

二〇〇八年　三月　　水上ルイ

✦初出　恋愛小説家は夜に誘う……………書き下ろし

水上ルイ先生、街子マドカ先生へのお便り、本作品に関するご意見、ご感想などは
〒151-0051 東京都渋谷区千駄ヶ谷4-9-7
幻冬舎コミックス　ルチル文庫「恋愛小説家は夜に誘う」係まで。

幻冬舎ルチル文庫
恋愛小説家は夜に誘う

2008年3月20日　第1刷発行

✦著者　水上ルイ　みなかみ るい

✦発行人　伊藤嘉彦

✦発行元　株式会社 幻冬舎コミックス
〒151-0051 東京都渋谷区千駄ヶ谷4-9-7
電話 03(5411)6432[編集]

✦発売元　株式会社 幻冬舎
〒151-0051 東京都渋谷区千駄ヶ谷4-9-7
電話 03(5411)6222[営業]
振替 00120-8-767643

✦印刷・製本所　中央精版印刷株式会社

✦検印廃止

ISBN978-4-344-81296-3　C0193　Printed in Japan

「幻冬舎ルチル文庫」
大好評発売中

「ファーストステップ」
和泉桂
イラスト▼テクノサマタ

大学生の宮下航が観光に訪れた奈良の寺で出会った今井和穂は、航よりも年上の見習い宮大工だった。興味を覚えた航は、訪れた奈良で和穂と再会する。以来、和穂のことが気になり、何度も和穂のもとへ通う航。ある夜、酔った和穂を自分の下宿に連れ帰った航は、和穂への想いを否定できなくなっていた。そして和穂もまた航を意識し始めて……!?

560円（本体価格533円）

「不確かなシルエット」
きたざわ尋子
イラスト▼緒田涼歌

増宮巧真の新しいバイトは、気鋭のデザイナー・武村亘晟の秘書。仕事は完璧で心地よい気配をまとう巧真は亘晟の日常にすぐ馴染み、二人の関係は順調にスタートした――はずだった。ある日、創作上の行きづまりを感じた亘晟の、自己流〝退行催眠〟がうっかり成功してしまう。しかも中身だけが19歳に戻った亘晟は、巧真に「一目惚れした」と迫り……!?

560円（本体価格533円）

発行● 幻冬舎コミックス　発売● 幻冬舎

「幻冬舎ルチル文庫」

大好評発売中

「スローリズム」

杉原理生

イラスト▼木下けい子

水森に毎週2回必ず電話をかけてくる矢萩は、高校のときからの付き合いで一番身近に感じられる友人。だが、高校生の頃、ゲイである事を告白した矢萩はすました顔をして「安心しろよ、おまえだけは絶対に好きにならないから」といい放った。あれから12年。その言葉どおり水森と矢萩はずっと友達でいるが……。単行本未収録作品&書き下ろしで待望の文庫化!!

580円(本体価格552円)

「シンプル・イメージ」

砂原糖子

イラスト▼円陣闇丸

海辺の町で暮らし始めた浅名千晶は、ある日、コンビニ店員・永倉航から声をかけられる。やたらとなれなれしい永倉は、長い片恋に疲れ一人の時間を求める浅名には煩わしい存在でしかない。それでも永倉の眩しい笑顔は浅名の頑なな心を次第に溶かし始め、やがて互いに惹かれあうようになるが——?デビュー作に商業誌未発表作を加え、待望の文庫化!!

580円(本体価格552円)

発行●幻冬舎コミックス　発売●幻冬舎